Kristina Kreuzer

Rosa und Toni

Mit Illustrationen von Annabelle von Sperber

Für MLMK

1. Auflage 2019
© Atrium Verlag AG, Imprint WooW Books, Zürich 2019
Originalausgabe
Alle Rechte vorbehalten
Text: Kristina Kreuzer
Cover und Illustrationen: Annabelle von Sperber
Handgeschriebene Postkarten und Briefe: Klara und Neele
Druck und Bindung: FINIDR, s.r.o., Tschechische Republik
Satz: Dörlemann Satz, Lemförde
ISBN 978-3-96177-024-3

www.woow-books.de
www.instagram.com / woowbooks

Inhalt

1. Kapitel
Alles mit Toni 7

2. Kapitel
Biber! Was machst du da? 14

3. Kapitel
Verdächtige Kekskrümel 22

4. Kapitel
Haferflocken und Honigwaffeln 32

5. Kapitel
Eine Nachricht 42

6. Kapitel
Ohne Toni 51

7. Kapitel
Es schneit aus dem Brief! 61

8. Kapitel
Erdbeere oder Schokolade? 73

9. Kapitel
Kaffeetanten 83

10. Kapitel
A und B und A und A 93

11. Kapitel
Viele Grüße aus den tollen Ferien 97

12. Kapitel
Flappo, spring! 101

13. Kapitel
Regenpfützen im Advent 108

14. Kapitel
Herr Blau hat orangenen Kuchen 116

15. Kapitel
Mit Toni 124

16. Kapitel
Zuckerwatte für alle! 136

1. Kapitel

Alles mit Toni

Ich heiße Rosa. Und denk mal nicht, dass meine beste Freundin Lila heißt, das wäre ja superalbern. Nein, sie heißt Toni und wohnt im Haus nebenan.

Toni und ich haben ziemlich oft die gleichen Haargummis in den Zöpfen, die mit den Erdbeeren, die ich von ihr zum Geburtstag bekommen habe. Tonis Haare sind schokoladenbraun, und meine sind honiggelb. Im Kindergarten sitze ich beim Mittagessen neben Toni, und wenn ich Geburtstag habe, darf sie mich reinholen und mir die Krone aufsetzen. Bei Toni zu Hause gibt es Pfannkuchen und Schokokekse (nicht Obst und Karotten wie bei uns). So eine Freundin ist das Tollste, was einem passieren kann.

»Toni ist da!«, höre ich Mamas Stimme von unten.

»Jaaahaaa!«, rufe ich aus meinem Zimmer.

Zu Biber sage ich: »Nicht traurig sein, deinen Holzpudding bekommst du später, ich muss jetzt runter zu meiner allerbesten Freundin.«

Mein Kuschelbiber sieht mich mit seinen niedlichen schwarzen Knopfaugen an. Biber hat sehr lange, schlabberige Arme und Beine, und an den Händen und Ohren hat er so bunten Blümchenstoff. Ich kenne Biber schon mein ganzes Leben, also seit mehr als 6 Jahren. Biber versteht alles und macht immer das, was ich auch gerade mache. Wenn mir zum Beispiel schlecht ist, weil ich zu viele Schokokekse gegessen habe, dann ist Biber auch schlecht, weil er *zufällig* zu viel Holz geknabbert hat.

»Bis gleich, Biber«, sage ich und laufe nach unten.

»Wollt ihr nicht ein paar Karotten haben? Die sind frisch vom Markt«, ruft Mama uns hinterher, als Toni und ich uns kurz darauf zusammen in mein Zimmer verkrümeln wollen.

Toni nimmt Mama höflich die Schale mit den geschnittenen Karotten ab. Sie guckt mich dabei an und lacht, aber nur ein bisschen, sodass Mama es nicht sieht.

»Ich habe eben mit Biber gespielt. Was willst du machen?«, frage ich Toni, als wir in meinem Zimmer sind.

Toni dreht ihren einen Zopf in den Fingern, das tut sie immer, wenn sie überlegt.

»Hm, vielleicht können wir spielen, dass Biber unser Kind ist und er krank im Bett liegt?«, sagt sie dann.

»Nein!«, rufe ich direkt. »Biber ist nicht krank, sondern total gesund!«

Wir beide schauen Biber an, der brav neben der Karottenschale sitzt. Dann schauen wir uns an. Hier stimmt doch was nicht!

»Hast du das auch gesehen?«, frage ich Toni leise. »Hat der jetzt gerade eine Karotte gekaut, oder bin ich bekloppt?«

Toni guckt mich ein bisschen komisch an, aber dann sagt sie: »Du bist bekloppt. Kuscheltiere können keine Karotten essen.«

Danach sagt erst mal keiner von uns was.

»Ist dein Ted zu Hause? Sollen unsere Tiere auch in die Schule kommen? Dann könnten wir Schultüten basteln und Einschulung spielen!«, sage ich.

Bei dem Wort »Einschulung« wird mir etwas mulmig im Bauch. Die neue Schule ist richtig groß! Nur gut, dass Toni dabei ist. Mein Bruder Emil ist schon so alt, dass er gar nicht mehr in die Grundschule geht, und Tonis Schwestern sind selbst für den Kindergarten noch zu klein. Wir sind also echt alleine da. Alleine auf dem großen neuen Schulhof.

»Wir dürfen die Tiere dann auch gar nicht mehr mitnehmen, in der Schule gibt es sicher keinen Spielzeugtag, oder?«, fragt Toni leise. Wieder dreht sie einen ihrer Zöpfe in den Fingern.

»Nee, ganz sicher nicht. Aber das wollen wir bestimmt auch gar nicht mehr, weil wir dann ja schon groß sind«, erkläre ich. Meine Stimme klingt wie die von Mama, das wird Toni beruhigen.

Toni nickt, aber so richtig froh sieht sie nicht aus.

»Komm, wir gehen schaukeln«, sage ich schnell, und Toni nickt.

Wir lassen Biber in meinem Zimmer sitzen und rennen in den Garten. Zum Glück haben wir 2 Schaukeln, das ist auch dringend nötig fürs Schaukelgeschichtenerzählen. Schaukelgeschichten sind wahre Geschichten, aber wenn man will, darf man sich Quatsch dazu ausdenken. Der andere ruft einfach ganz laut »Stopp!«, wenn er merkt, dass etwas erfunden ist.

Ich denke immer noch an Biber, der die Karotte gegessen hat, da höre ich Tonis Stimme.

»... und dann waren wir in Frankreich am Strand. Und als ich gerade richtig weit draußen mit Papa schwimmen war, hat mich was in den Fuß gebissen, das hat total gepiekt. Weißt du, was das war? Eine Meerjungfrau! Sie ...«

»Stopp!«, rufe ich ganz laut.

Toni schaut mich erstaunt an. »Was ist denn daran bitte nicht echt? Glaubst du das etwa nicht?«

Ich schüttle den Kopf und lache, aber Toni sieht richtig wütend aus.

»Das stimmt *wirklich*! Papa hat die Meerjungfrau auch gesehen! Sie hat ganz kurz aus dem Wasser geguckt, und plötzlich ist sie weggeschwommen!«

»Das glaubst du ja wohl selbst nicht!«, rufe ich jetzt auch ein bisschen sauer. »Ich frage deinen Papa, ob das stimmt!«

»Mach doch!« Toni zieht eine Grimasse. »Außerdem musst *du* das gerade sagen ... Von wegen, Biber hat eine Karotte gegessen ... ein Kuscheltier! Das ist ja wohl Superquatsch.«

»Aber das hat er doch *wirklich*!«, rufe ich. »Echt, ich habe ganz genau gesehen, wie er gekaut hat! Du doch auch, oder?«

»Quatsch mit Soße«, sagt Toni nur. »Außerdem muss ich jetzt nach Hause.« Sie springt von der Schaukel und läuft einfach weg, zu ihrem blauen Haus.

Ich gucke ihr hinterher. Das mit der Meerjungfrau glaube ich ihr ganz sicher nicht. Dann gehe ich ziemlich langsam zurück zu meinem gelben Haus und direkt hoch in mein Zimmer. Biber sitzt immer noch genauso auf dem Boden wie vorhin.

»Biber«, flüstere ich leise und will ihn gerade an mich drücken. Da sehe ich es: Die Schale Karotten neben ihm ist leer.

2. Kapitel

Biber! Was machst du da?

Am nächsten Tag im Kindergarten laufe ich als Allererstes zu Toni. Ich würde ihr jetzt so gerne das mit Biber erzählen, aber ich traue mich nicht, denn sonst streiten wir uns sicher wieder. Darum bleibt das eben einfach ein Rosa-Biber-Geheimnis.

Toni sitzt mit Lisa in der Puppenecke.

»Ha! Gleiche Haarspangen!«, sagt Toni, als sie mich sieht.

Tatsächlich hat Toni die Blaubeeren drin. Ich gucke erst auf ihre Haarspangen, und danach taste ich nach meinen.

Und dann spielen wir den ganzen Vormittag zusammen. Wir füttern die Puppen und wickeln sie, und später ärgern wir noch ein bisschen die Jungs. Der Tag ist wirklich schön.

Nur Ariana ist sauer auf uns, weil wir niemand anderen mitspielen lassen. Aber das ist uns heute wurscht.

Vor der Tür stehen schon unsere Mamas. Irgendwie sehen sie so ernst aus, denke ich. Ob sie sich auch gestritten haben, wie Toni und ich gestern?

Mama winkt mir zu. Ich renne zu ihr und rufe: »Maaaaaaamaaaaaaa! Kann Toni heute bei mir schlafen?«

Und Toni rennt zu ihrer Mama und ruft: »Maaaaaaaamaaaaaaaaa! Kann ich heute bei Rosa schlafen?«

Unsere Mamas gucken sich an und lachen.

»Na, das ist dann wohl eine abgemachte Sache, was?«, sagt Mama zu Mama.

Und dann drückt meine Mama mich ganz fest und sagt: »Klar doch! Ihr zwei Freundinnen!«

Als wir gehen, sagt sie noch: »Sabine, wir telefonieren später in Ruhe, ja?«

Tonis Mama Sabine nickt und winkt uns hinterher.

Mama und Emil und ich haben gerade erst fertig Mittag gegessen, als Toni schon vor der Tür steht. Sie hat ihren Ted im Arm und erzählt: »Das Bettzeug bringt Papa später.«

Dann spaziert sie herein, weil das für sie das Normalste auf der Welt ist, und setzt sich zu uns an den Tisch. Toni findet es immer toll, wenn Emil da ist – schließlich ist der schon 14!

»Na, Lila, was gibt's Neues?«, fragt Emil dann auch direkt.

Toni kichert, den Witz machen sie immer.

»Ich heiße nicht Lila, ich heiße *Toni*!«

»Ach, wirklich? Und ich dachte, Rosa und Lila passt viel besser, weil ihr doch auch so gerne rosa Sachen und Barbies mögt ...«, sagt er und knufft sie in die Seite.

Toni kichert immer noch. »Gar nicht! Emil Schlemil!«

»Hey, du Frechdachs, ich heiße *Emil*!«, sagt mein Bruder und tut so, als wäre er böse.

»Sollen wir hoch in mein Zimmer?«, frage ich Toni. Wenn ich mich jetzt nicht schnell einmische, kann das noch ewig so weitergehen.

»Hm, ja, ist guuut«, sagt Toni und steht langsam auf.

»Freust du dich schon auf die Schule, Lila?«, ruft Emil ihr noch hinterher.

»Geht so«, ruft Toni zurück. »Aber ich heiße trotzdem Toni.«

Und dann verschwinden wir nach oben.

»Okay, also, es gibt keine Meerjungfrauen, und Biber essen keine Karotten, ja?«, sagt Toni.

Ich nicke. Damit haben wir uns endgültig wieder vertragen.

Wir spielen Kaufmannsladen, bis endlich Tonis Papa mit dem Bettzeug kommt. Das ist immer das Allerbeste, wenn man das Bett bauen kann! Toni und ich holen die Gästematratze aus Emils Zimmer und legen sie vor mein Bett.

Als wir später mit geputzten Zähnen unter unseren Decken liegen, guckt Mama ungefähr noch zwanzigmal rein und sagt: »Jetzt ist aber wirklich Schluss.«

Doch wir kichern noch ein bisschen weiter. Wir haben ja auch ganz viel zu bereden!

Immer wieder sagt eine von uns so was wie: »Am ersten Schultag ... was ist, wenn wir den Raum nicht finden?«

Und dann sagt die andere: »Und was ist, wenn wir doch mal Biber oder Ted mitnehmen wollen?«

So geht das ewig weiter.

Als ich irgendwann doch fast eingeschlafen bin, zupft Toni an meiner Bettdecke und flüstert leise: »Rosa! Hörst du das? Was ist das? Ich habe Angst, ich will nach Hause!«

»Mmmmh?«, mache ich, weil ich eigentlich schlafen will.

Aber Toni zupft weiter. »Roooosa! Da ist so 'n Geräusch!«

Auf einmal bin ich hellwach und höre es auch – das komische Geräusch.

»Knips nicht das Licht an, vielleicht ist es eine Fledermaus oder so!«, zischt Toni mir zu und kriecht unter meine Bettdecke.

Da hören wir es wieder, dieses Mal richtig laut: »*Ritzeratze … Ritzeratze …*« Wir klammern uns ganz doll aneinander.

Ich will schnell Biber in meinen Arm nehmen, das hilft immer. Aber wo ist er?

»Biber ist weg!«, flüstere ich jetzt echt erschrocken.

Wir suchen mein Bett ab, doch Biber ist verschwunden. Der Mond scheint ins Zimmer, und da sehe ich einen Schatten an meinem Bettpfosten. Ist das vielleicht Biber?, denke ich. Genau aus der Richtung kommt auch das Geräusch.

»Toni! Hier ist er«, sage ich leise und zeige auf den Schatten.

Und dann passiert etwas Unglaubliches.

»Biiiiiiiber!«, rufe ich. »Biiiiber, was machst du da?«

In dem Moment sieht Toni es auch: Biber hat die langen Arme um den Bettpfosten gelegt und knabbert mit seinen großen weißen Zähnen am Holz. Mit seinen Plüschzähnen! Aber das geht doch gar nicht …

»Au weia … ich glaub, ich seh 'ne Meerjungfrau …«, murmelt Toni. »Das kann doch gar nicht wahr sein.«

Toni und ich gucken uns an, und dann müssen wir total lachen.

»Biiiiiiber! Was machst du da?«, rufe ich noch einmal und klettere aus dem Bett. Und plötzlich kann ich gar nicht mehr sprechen, weil ich so sehr lachen muss.

Toni lacht auch immer noch. Sie krabbelt zum Bettpfosten und zupft Biber vorsichtig an seinem langen Bein. »Hey, lass das sofort bleiben, du machst doch das Bett kaputt!«

Sofort hört Biber auf zu kauen, und er sieht richtig erschrocken aus. Er lässt den Pfosten los, und dann kuschelt er sich fest an mich.

»'tschuldigung«, sagt Biber leise, »das Holz ist bloß so lecker.«

Ich weiß nicht, ob Toni das gehört hat, aber ich habe es genau gehört! Und dann kriechen Biber, Toni und Ted und ich alle vier zusammen unter meine Decke.

Das ist ja wohl die seltsamste Nacht überhaupt!, denke ich und schlafe trotzdem irgendwann ein. Ich träume, dass ich mich mit Biber unterhalte – oder ist das etwa gar kein Traum?

Verdächtige Kekskrümel

»Hey, ihr lila Schlafmützen, aufwachen!«, höre ich mitten in der Nacht jemanden sagen.

»Hmmm«, mache ich nur. Komisch, dass es so hell im Zimmer ist.

»Das ist doch nicht zu fassen, es ist 10 Uhr! Was habt ihr denn ausgefressen in der Nacht?«, sagt da wieder die Stimme.

Dann wird es auf einmal kalt, und *Rupfff!*, ist meine Decke weg.

Wir öffnen die Augen, und vor unserem Bett steht Emil und lacht. »Habt ihr etwa in *einem* Bett geschlafen?«, fragt er erstaunt.

Toni sieht ziemlich witzig aus. Ihre braunen Haare stehen ganz verstrubbelt in alle Richtungen ab, und sie macht ein Gesicht, als würde sie gar nichts kapieren.

»Hast du ein Gespenst gesehen?«, fragt Emil lachend.

Nee, nur einen knabbernden Biber, will ich eigentlich sagen. Denn plötzlich muss ich an letzte Nacht denken.

Ich gucke Toni an und sie mich. Ich weiß, dass sie gerade das Gleiche denkt, aber ich zische nur leise »Psssst!«, und sie nickt.

Emil mustert uns neugierig.

»Jajajajaja, wir stehen schon auf«, sage ich zu meinem großen Bruder. Ich hüpfe aus dem Bett und drücke ihn kurz – Emil riecht immer so gut am Morgen, so fein geduscht.

»So, kommt in die Hufe, ihr zwei!«, sagt er zu Toni und mir, und wir beide lachen.

Auf einmal fällt mir ein: Es ist ja Samstag – Wochenende! Schoko-Croissants! Am Wochenende ist Mama nicht so streng wie sonst. Aber das wäre ja auch noch toller, wenn wir Karotten-Croissants und Gurkenbrötchen essen müssten, so was hat zum Glück noch kein Bäcker auf der Welt erfunden.

Toni und Emil und ich erzählen uns total viele Witze beim Frühstück. Papa und Mama rufen ein paarmal »Jetzt ist aber genug!«, aber sie müssen auch lachen. Weil es eben einfach lustig ist, wenn man versucht, mit dem Mund voll Croissant Witze zu erzählen, und sich dabei totlachen muss.

»Manchmal denke ich, 3 Kindergartenkinder auf einmal ist echt zu viel …«, sagt Papa und macht dabei sein Papa-Witzgesicht.

»Gar nicht!«, rufen Toni und ich gleichzeitig. »Wir sind *Schul*kinder!«

Das stimmt ja auch irgendwie, denn in ein paar Tagen fangen die Sommerferien an, und danach gehen wir echt in die Schule.

»Nur *Emil* ist ein Kindergartenkind«, sagt Toni und kichert.

Und Emil knufft sie natürlich direkt wieder in die Seite.

»Ja, jetzt geht bald der Ernst des Lebens los«, sagt Papa und sieht Mama dabei an.

Mama guckt schnell zur Seite und sagt nichts.

Da fragt Papa: »Und was machen wir heute, an diesem sonnigen Sommer-Samstag?«

Emil verzieht sein Gesicht. »Ich muss Physik lernen. Weiß gar nicht, ob ich heute überhaupt vor die Tür komm.«

»Phytiek? Was ist das?«, will Toni wissen.

»Ach, Schrott ist das«, murmelt Emil nur.

Aber Papa erklärt: »Physik ist ein sehr interessantes Fach in der Schule, Toni, das wirst du später auch haben. Da lernst du zum Beispiel …«

»Erdbeeren pflücken!«, rufe ich dazwischen. »Wir wollten doch Erdbeeren pflücken gehen!« Das fällt mir gerade ein, weil wir doch ganz bald schon in den Urlaub fahren, und danach sind die Erdbeeren vergammelt.

Alle am Tisch gucken mich an. Papa ein bisschen streng, weil ich ihm dazwischengequatscht habe, aber Emil ist froh darüber und sagt: »Gute Idee, Rosa! Ja, das machen wir! Morgen ist ja auch noch ein Tag, so lange muss das Lernen eben warten.«

»Hmmm«, macht Mama erst. Aber dann sagt sie: »Na ja, es stimmt schon. Heute wäre die letzte Chance. Und ihr wisst ja, wie gerne ich Marmelade koche.«

»Und Erdbeerkuchen wollen wir haben! Erdbeershake! Erdbeereis und Erdbeermus!«, rufe ich.

Toni hüpft sogar richtig auf ihrem Stuhl hoch, weil sie sich so freut.

Als wir den Tisch abräumen, frage ich Toni: »Nehmen wir die Tiere mit?«

Toni sieht mich ein bisschen komisch an, und ich weiß genau, warum. Was ist, wenn Biber im Auto etwas anknabbert?

»Klar, unsere Tiere kommen immer mit«, sagt sie trotzdem. Und dann fragt sie Mama: »Dürfen wir für die Fahrt ein paar Karotten haben?«

Mama lacht. »Natürlich! Ach, Toni, wenn du Rosa nur klarmachen könntest, wie gut Karotten schmecken! Sie will immer bloß Schokolade und Kekse …«

Toni grinst mir zu, aber so, dass Mama es nicht sieht. Weil wir beide natürlich wissen, für wen die Karotten in Wirklichkeit sind.

Das Schöne am Erdbeerenpflücken ist: Man kann so viel essen, wie man will! Es ist ganz egal, wenn ein ganzer Erdbeerberg im Bauch landet – das sagen sogar die Leute vom Erdbeerhof. Aber das Schlechte daran ist der Weg zurück. Wenn einem so schrecklich übel im Auto ist, weil man viiiiiiel zu viel gegessen hat. Irgendwie schaffen wir es aber, nach Hause zu kommen, ohne dass einer spucken muss.

Toni und ich hatten Biber und Ted eine Karotte mit in die Tasche gesteckt, nur für den Notfall. Aber als wir wieder in meinem Zimmer sind, ist die Karotte noch da.

»Vielleicht war doch alles Quatsch«, sage ich zu Toni, als wir unsere Tiere aus der Tasche nehmen.

Toni nickt. »Ja, kann gut sein«, sagt sie und sieht dabei irgendwie froh aus.

Unten hören wir Mama mit den Marmeladengläsern rumklappern. Papa mäht den Rasen, und von Emil hört man nichts, weil er lernt.

Jetzt basteln Toni und ich endlich die Schultüten für unsere Tiere, aus Tonpapier und mit buntem Klebeband. In die Tüte kommen alte Stifte von uns und natürlich eine Karotte. Biber und Ted spielen ganz normal mit, wie immer. Wie normale Kuscheltiere.

An diesem Abend bin ich so müde, dass ich es niemals gehört hätte, falls Biber wieder irgendwas angeknabbert oder wieder geredet hätte. Ich drücke ihn ganz fest an mich und schlafe sooo schön in meinem Bett.

»Rooosa! Toni ist am Telefon!«, ruft Mama am nächsten Morgen von unten.

Im Haus ist es noch ganz still, als ich die Treppe runterlaufe, und Mama sieht verschlafen aus. Sie gibt mir das Telefon.

»Hallo?«, sage ich müde.

»Rosa! Es ist was passiert in der Nacht!«, sagt Toni aufgeregt.

»Hmm?«, mache ich nur und warte.

»Also, du weißt doch, dass Mama immer diese leckeren Honigwaffeln kauft. Und … in der Schale in meinem Zimmer waren noch ein paar kleine Kekskrümel. Die Schale stand auf dem Fußboden. Da bin ich mir ganz sicher, weil ich gestern noch drüber gestolpert bin. Jedenfalls war diese Schale heute Morgen leer.« Ich höre, wie Toni vor Aufregung ein bisschen schnauft.

»Aha«, sage ich, weil ich nicht so genau weiß, warum sie mich mit so einer langweiligen Nachricht am Sonntagmorgen weckt.

»Kapierst du nicht?«, fragt Toni. Sie klingt jetzt echt ungeduldig. »Sie war leeeer!«, ruft sie in den Hörer, als ob ich schwerhörig bin.

»Ja«, sage ich und kapiere es leider trotzdem nicht.

»Ted hatte heute Morgen *Kekskrümel* am Mund!!«, flüstert sie.

Ich bin zwar müde, verstehe aber auf einmal, was sie meint: Ted hat die Keksreste aufgegessen! »Ich glaub, ich seh 'ne Meerjungfrau …«, murmle ich. Jetzt knabbert also plötzlich auch Tonis Kuscheltier an Sachen herum!

Wir sind beide ganz still. Ziemlich lange. Ich höre nur wieder dieses komische Schnaufen im Telefon.

»Ich komme gleich zu dir rüber und bringe Biber mit, ja?«, sage ich leise.

»Ist gut.«

Dann legt Toni auf.

4. Kapitel

Haferflocken und Honigwaffeln

»Sie sehen eigentlich genauso aus wie sonst«, sage ich jetzt bestimmt schon zum zehnten Mal.

Toni und ich sitzen bei ihr im Zimmer auf dem Bett. Die Sonne scheint durchs offene Fenster hinter uns, wir hören die Schokokeks-Mama im Garten die Blumen gießen, und alles ist wie immer.

»Ja, ich weiß«, nickt Toni. »Vielleicht werden wir ja pünktlich zum Schulanfang verrückt? Dann müssen wir gar nicht zur Einschulung, sondern können direkt in die Irrenanstalt.«

Ich schüttle den Kopf. »Nee, wir sind nicht verrückt. Das hier ist *echt*.« Und dann erzähle ich Toni, dass Biber ja an dem Abend, als sie bei mir übernachtet hat, sogar mit mir geredet hat. Weil ich immer noch nicht weiß, ob Toni das auch gehört hat.

Eine Weile sagt wieder keiner von uns was.

Ich habe Biber auf dem Schoß, und Toni h[at ...]
sich sitzen. Wir starren unsere Tiere an, abe[r ... geben]
keinen Mucks von sich.

»Hm, das wird nix mehr, oder?«, sage ich. »K[omm,]
wir gehen schaukeln.«

Toni springt sofort auf. »Ja, das ist doch alles Quatsch mit Soße.«

»Was heißt hier Quatsch mit Soße? Das finden wir aber gar nicht nett, stimmt's, Ted?«, sagt da eine Stimme neben mir. Und das ist nicht die Stimme von Toni …

Toni und mir fallen fast die Augen aus dem Kopf. Wir gucken zu Ted, und der … schüttelt den Kopf, gleich zweimal.

Jetzt hat Toni den Mund ganz weit aufgerissen und sieht total witzig aus, wie in einem Comic. Ich bin froh, dass sie dann ihren Zopf in den Fingern dreht, wenigstens irgendetwas ist hier wie immer.

»Ich bin schließlich nicht irgendein stinknormaler Kuschelbiber … und mein Freund kein langweiliger Schnuffelteddy«, redet da die Stimme, die anscheinend zu Biber gehört, weiter. Er schimpft richtig! Und wenn man genau hinsieht, bewegt sich sein Mund hinter den plüschigen Biberzähnen ein winziges bisschen. Aber wirklich nur ganz, ganz wenig.

.ed und ich reden schon ewig mit euch, aber ihr hört uns ja gar nicht zu …«

Jetzt kichert Toni plötzlich leise. Sie nimmt ihren Ted in den Arm und drückt ihn an sich. »Sei nicht böse«, sagt sie. »Natürlich seid ihr kein Quatsch mit Soße.«

Da nickt Ted zufrieden mit dem Kopf.

Und ich denke auf einmal, dass er seinen armen Kopf lieber nicht so viel bewegen sollte, weil der sonst vielleicht abgeht. Ted ist nämlich total alt, er hat schon Tonis Mama gehört. Darum ist Teds Fell gar nicht mehr richtig weich und flauschig, sondern eher glatt, weil es so abgekuschelt ist.

Plötzlich kommt so ein Gluckern in mir hoch. Toni geht es genauso.

»Jetzt lacht nicht nur und guckt uns nicht so komisch an, holt lieber mal was zu essen!«, sagt Biber und tippt mich an. »Ich könnte einen ganzen Baumstamm verdrücken.« Dabei streicht er sich mit seiner geblümten Pfote über den Bauch.

»Ich will auch was essen«, brummt Ted, und da hören wir zum ersten Mal seine Stimme. »Ich will Honig!« Dann wackelt er mit dem Kopf und sagt zu Toni: »Weißt du, zur Not esse ich auch Schokokekse, Honigwaffeln,

Pfannkuchen oder Butterkekse. So wichtig ist das gar nicht, Hauptsache, süß!«

Toni und ich nicken, das können wir gut verstehen.

»Und du, Biber, knabberst dafür aber nicht weiter am Bett, ja?«, sage ich. »Wenn Mama das sieht, findet sie das echt nicht toll.«

Biber nickt. Er zupft mit seiner Pfote an seinem kleinen bunten Schal herum, den er um den Hals hat. Dann guckt er runter auf seine Füße. »'tschuldigung. Aber sei bitte so lieb und gib mir Karotten, Kohlrabi oder Haferflocken, das mag ich am allerliebsten.«

Als Toni und ich in der Küche rumrascheln, weil wir Möhren schälen und Haferflocken in eine Schale schütten, kommt die Schokokeks-Mama rein. Natürlich fällt Toni vor Schreck die Haferflockenbox aus der Hand, und das gibt eine richtige Sauerei in der Küche.

»Meine Güte, was macht ihr denn da, ihr zwei?«, fragt Tonis Mama und wuschelt sich durch die sowieso schon verwuschelten Haare. »Es ist gerade erst 8 Uhr am Sonntagmorgen …«

»'tschuldigung, Mama, aber wir wollen heute im Bett frühstücken!«, sagt Toni und lacht ganz lieb. Sie umarmt ihre Mama. »Keine Sorge, jetzt hörst du nichts mehr von uns, wir nehmen unser Essen mit und sind schon weg.«

Ich schnappe mir noch schnell die Packung mit den Keksen.

»Man muss die Honigwaffeln
schnell essen, sonst werden sie hart, und dann schmecken sie nicht mehr«, sagt Ted mit vollem Mund.

Seine Stimme ist richtig tief, ein bisschen brummelig-grummelig wie von einem Opa. Ted kaut auch wie mein Opa, mit ganz kleinen Bissen. Vielleicht sind seine Zähne schon locker, so wie sein Kopf.

Bibers Zähne sind ganz sicher nicht locker! Wenn er von einer Karotte abbeißt, knackt es so laut im Zimmer, dass Tonis Mama es unten eigentlich hören müsste. Komisch, weil die Zähne doch plüschig aussehen.

Da geht auf einmal die Tür ein kleines Stück auf, und Tonis Schwestern Carla und Dula rennen ins Zimmer. Sie schmeißen sich auf Tonis Bett, wobei die Haferflockenschale umkippt, und fangen an, rumzutoben.

»Hey, passt doch auf!«, sagt Toni und nimmt schnell Ted in den Arm. Sie hält ihm den Mund zu.

Aber das müsste sie, glaube ich, gar nicht, denn Ted redet sowieso nicht mehr. Er und Biber sehen aus wie immer und sind ganz still.

»Hey, Toni, Waffeln!«, ruft Dula. »Dula auch, oder Dula sagt's Mama!«

Toni stöhnt und gibt ihr eine Waffel, und Carla kriegt ebenfalls eine – so ist das mit 3-jährigen Schwestern.

Die Schokokeks-Mama kommt heute ein paarmal in Tonis Zimmer und fragt: »Warum geht ihr nicht raus? Das Wetter ist so schön!«

Aber wir wollen nicht. Warum, ist ja wohl klar.

»Mit dem Kaufmannsladen und euren Kuscheltieren könnt ihr doch immer spielen, aber der Sommer ist bald vorbei!«, sagt sie dann natürlich – typisch Mama.

Wenn die wüsste, denken wir! Kaufmannsladen spielen ist nämlich etwas ganz anderes, wenn man sprechende Tiere hat. Das ist vielvielviel witziger als sonst!

Toni geht mit ihrem Ted in meinem Laden einkaufen. Aber jetzt muss sie nicht für ihn reden, weil Ted ja *in echt* so was sagt wie: »Toni-Mama, ich will noch mehr Butterkekse!«

Und dann müssen Toni und ich richtig lachen, weil es natürlich wirklich witzig ist.

Mittendrin schaut Emil rein. Er ist im Auftrag von unserer Mama da: »Rosa, ich soll fragen, ob du irgendwann auch noch mal nach Hause kommst.«

Ich schüttle den Kopf. »Nee, also, ich meine … im Moment ganz sicher nicht. Ich bin hier noch superbeschäftigt, später vielleicht.«

Emil schüttelt den Kopf, dann nimmt er sich einen Keks aus der Schale und zieht die Tür wieder hinter sich zu.

Erst da ruft Ted: »Meeeeiiiine Kekse! Dein Bruder hat meine Kekse gemopst!«

Wenigstens wissen wir nun, dass unsere Tiere echt nur mit *uns* reden und nicht mit anderen – das ist ein richtiges Rosa-Toni-Geheimnis!

Toni und ich gehen zum Mittagessen nach unten, und als wir wieder oben in Tonis Zimmer sind, kriegen wir einen Schreck: Die Beine vom Kaufmannsladen sind total angeknabbert!

»Biber«, schimpfe ich, »das darfst du nicht!«

Biber guckt mich nur an und zupft an seinem Schal rum. Dann guckt er wieder auf seine Füße. »Ich weiß, aber ich mag Holz einfach so gerne«, sagt er leise.

»Vielleicht knabberst du das nächste Mal lieber die Möbel von hinten an, dann sieht meine Mama das nicht sofort!«, sagt Toni.

Ich drücke Biber ganz doll an mich, damit es ihm nicht peinlich ist.

»Eigentlich ist es doch auch egal, ob Biber was annagt oder nicht. Wenn wir irgendwann mal ausziehen, denkt Mama vielleicht, das waren Mäuse oder so«, meint Toni.

Jetzt verstehe ich auf einmal auch, warum Tonis Matratze so komisch klebt: Weil Ted daran seine schmutzigen Pfoten abgewischt hat, nachdem er die Honigwaffeln gefuttert hat.

Als Mama mich abends abholt, rufen Toni und ich ganz laut: »Wir wollen doch noch weiter spiiiielen!«

Mama sagt: »Als würden sie es wissen …«

Und die Schokokeks-Mama nickt mit einem Große-Leute-Gesicht.

Was meinen sie damit nur? Klar wissen wir, dass die Schule bald losgeht und wir dann nicht mehr so viel Zeit haben wie jetzt. Wir sind ja nicht blöd!

Ein paar Tage später ist Toni mal wieder bei uns. Da hören wir, wie Mama zu Emil sagt: »Ich verstehe nicht, wo die ganze Erdbeermarmelade geblieben ist, ich hatte doch so viel eingekocht.«

Toni und ich gucken uns an und machen »Pssst«, weil wir logischerweise wissen, wer die ganze schöne süße Marmelade gegessen hat.

Ich bringe Ted immer ein Glas mit. Er ist ein richtiger Marmeladenfan geworden.

5. Kapitel

Eine Nachricht

Es ist Sonntag – der erste Feriensonntag –, natürlich mit Schokocroissants und Kakao. Und mit dem allerletzten Glas Erdbeermarmelade. Gerade habe ich ein großes Stück Croissant im Mund, da sagt Mama:

»Toni wird auf eine andere Schule gehen, Rosa.«

Ich gucke Mama an. Na, so was, warum überlegen die sich denn das auf einmal?

»Echt? Aber dann spielen wir nachmittags trotzdem, oder?«, frage ich.

»Neeee«, sagt Mama so komisch lang gezogen. »Also … ja … doch. Ich meine … nur nicht jeden Tag. Toni zieht um! Sie wohnt dann nicht mehr im blauen Haus, sondern in einer anderen Stadt. Aber wir können

sie natürlich mit dem Auto besuchen fahren, zum Beispiel in den Ferien.« Mama guckt zu Papa.

Aber das blaue Haus ist doch das Toni-Haus! Da hat sie schon immer gewohnt. Anders geht das gar nicht.

»Bringt ihr mich dann am ersten Schultag hin? Ich weiß ja noch gar nicht, wo meine Klasse ist«, sage ich.

»Klaro, natürlich bringen wir dich am ersten Tag hin«, sagt Emil sofort. »Und weißt du, was? Wenn du willst, kann ich dich auch danach noch hinbringen. Ich komme ja fast direkt an deiner Schule vorbei.« Er knufft mich so in die Seite, wie er es sonst immer bei Toni tut.

Jetzt weiß ich gar nicht genau, was ich sagen soll. Ich freue mich richtig doll, dass Emil mich zur Schule bringen will. Aber dass Toni wegzieht, finde ich nicht toll. Und was ist mit Biber und Ted? Die können sich dann ja auch nicht mehr sehen, und wir können nicht mehr zusammen mit ihnen spielen.

»Okay«, sage ich und kaue mein Croissant weiter. »Aber Toni und ich müssen vorher noch zusammen die Schultüten basteln!«

Da steht Mama auf und geht in die Küche. Papa sagt: »Na klar macht ihr das, und zwar direkt heute!«

»Dann gehe ich jetzt gleich zu Toni rüber«, sage ich.

Die anderen nicken und schimpfen gar nicht, dass ich meinen Teller nicht in die Geschirrspülmaschine stelle.

»Toni! Wir müssen unsere Schultüten basteln, und Emil bringt mich dann immer zur Schule!«, sage ich, als ich zu Toni ins Zimmer komme.
Sie nickt. »Papa meinte auch, dass er mich zur Schule bringt. Manchmal vielleicht sogar mit dem Auto …«
»Hmmm«, mache ich.
Toni guckt mich an und macht auch »Hmmm«.
Da legt ihre Mama uns große Pappen und Klebstoff auf den Tisch, und wir fangen an.

Schultüten basteln ist richtig super! Natürlich werden unsere nicht rosa oder lila – obwohl Emil das aus Quatsch gesagt hat. Nein, sie werden blau und gelb, wie unsere Häuser. Wir kleben Sterne und Blumen und Sonnen drauf, und am Ende schreiben wir noch mit Klebebuchstaben unsere Namen. Die Tüten sehen richtig schön aus! Und das Beste ist, dass wir die fertig gebastelten Tüten dann unseren Mamas geben, weil sie am ersten Schultag Überraschungen reinstecken: Süßkram und Radiergummis und Stifte.
Danach spielen Toni und ich mit Ted und Biber.

Auch am nächsten Tag spielen wir wieder mit Ted und Biber, genau wie am Tag danach. Aber am dritten Tag steht plötzlich ein großer Umzugswagen vor Tonis Haus.

Ich schaue aus dem Fenster und rufe: »Mama! Guck mal!«

Mama kommt zu mir und umarmt mich. »Tonis Papa hat eine gute Arbeit gefunden, nur eben woanders. Er kann dort schon übernächste Woche anfangen, darum ging auf einmal alles so schnell. Aber ich verspreche dir, Rosa: Wir werden Toni ganz bald wiedersehen.«

Ich sage gar nichts und stelle mir vor, wie im blauen Haus gerade die Schokokekse und Honiggläser eingepackt werden.

»Ich muss schnell zu Toni«, rufe ich, und dann laufe ich auch schon los.

Toni sitzt in ihrem Zimmer. Hier sieht es noch ganz normal aus, keine Kisten, keine Umzugsleute.

»Toni!«, sage ich völlig aus der Puste. »Die packen unten bestimmt den Honig ein! Aber was soll Ted denn dann essen?«

Toni schaut mich an und lacht. »Na ja, was denkst du denn?«, sagt sie.

Da höre ich es hinter ihr leise schmatzen. Ted liegt

im Bett und zupft ein kleines bisschen an der Bettdecke. Und was sehe ich? Bestimmt 10 Gläser Honig! Die muss Toni schon in ihrem Zimmer in Sicherheit gebracht haben. Eins davon ist offen, darin steckt Teds Pfote.

»Oh, ein Glück«, sage ich. »Wann fahrt ihr denn los?«

»In 2 Tagen«, sagt Toni. »Morgen spiele ich den ganzen Tag bei dir.«

Alles ist wie immer, als Toni bei mir ist. Nur, wenn man aus dem Fenster guckt, sieht man den großen Umzugswagen. Toni und ich schauen immer wieder mal raus.

Gerade füttern wir die Kuscheltiere, da sagt Toni plötzlich: »Komm, wir laufen rüber!«

Biber und Ted schimpfen ein bisschen, weil sie ja schließlich gerade beim Essen waren, aber dann klettern sie ganz brav zu uns auf den Arm.

Als wir in Tonis Zimmer kommen, sind da 3 Umzugsleute beim Einpacken. Mannomann, wie schnell das geht! Einer schraubt das Bett auseinander, einer packt die Sachen ein. Dann noch Klebeband drüber – *ritsch-ratsch*, Kiste zu. Und der Dritte trägt sie nach unten.

»Na, junge Damen, sind das eure Sachen?«, fragt der Ritsche-ratsche-Mann.

Toni nickt.

»In diesem Karton sind deine Stofftiere drin. Glaubst du, die halten es ein paar Tage ohne Futter aus, oder soll ich ihnen lieber 'ne Banane aus deinem Kaufladen mit reintun?« Er lacht.

Toni und ich lachen auch.

Dann holt Toni wirklich eine Holzbanane. Sie gibt die Banane aber mir, die ist nämlich für Biber auf meinem Arm. Ich sehe, wie Biber Toni ganz kurz zunickt. Doch das kriegt der Mann zum Glück gar nicht mit. Er ist viel zu beschäftigt und klebt schon wieder die nächste Kiste zu. Darum hört er auch nicht, wie es leise knirscht, als Biber am Holz von der Banane knabbert. Trotzdem sollte Biber echt lieber leise sein!

Als der andere damit anfängt, den Kaufmannsladen auseinanderzuschrauben, gucken Toni und ich uns an. Toni hält sich erschrocken die Hand vor den Mund. Die angeknabberten Beine!, denken wir beide. Doch der Mann kümmert sich gar nicht darum und lässt die einzelnen Holzteile in einer großen Kiste verschwinden.

»Du hast aber wirklich schöne Spielsachen«, sagt der Ritsche-ratsche-Mann zu Toni. Er ist ganz verschwitzt, Einpacken ist wohl ziemlich anstrengend.

Toni sieht es auch und fragt: »Sollen wir dir helfen?«

»Gerne!«, sagt der Mann.

Und dann helfen Toni und ich den ganzen Nachmittag mit. Wir legen Tonis Spielsachen auf Haufen zusammen, und der Mann packt alles in die Kisten. Wir wissen jetzt auch, dass er eine Babytochter hat. Und Toni schenkt ihm am Ende eine bunt gepunktete Rassel, die noch unter ihrem Bett lag.

Abends schläft Toni bei uns, und wir quatschen

total lange mit Biber und Ted. Diesmal schimpft Mama gar nicht, dass wir noch laut sind. Seit sie erzählt hat, dass Toni umzieht, findet sie eigentlich alles gut, was ich mache. Ich glaube, sie würde mir sogar am Montag Schoko-Croissants zum Frühstück kaufen.

Am nächsten Tag fährt der große Umzugswagen weg, wir beobachten, wie er aus der Straße biegt. Tonis Mama und Papa trinken einen Kaffee bei uns, bevor sie mit Toni, Dula und Carla ins Auto steigen. Mama, Papa und ich stehen draußen und winken.

Als Mama und Papa ins Haus gehen, bleibe ich noch kurz in der Einfahrt stehen. Es ist eigentlich so, als wenn Toni in den Urlaub fährt. Aber diesmal kommt sie eben nicht wieder.

Jetzt fährt Tonis Auto gerade um die Ecke, und da sehe ich, wie Toni Ted aus dem Autofenster hält.

Und Ted winkt.

Ohne Toni

Verreisen ist das Beste, was es gibt! Vor allem, wenn man davor noch sooo lange alleine zu Hause sein musste. Eigentlich waren die ersten Ferienwochen schön, weil Mama ganz viel mit mir gemacht hat. Aber sie waren auch doof, so ganz ohne Toni.

Und jetzt sind wir endlich am Meer. Mama und ich sammeln lauter Muscheln, und Papa und Emil machen Wettschwimmen. Sie kraulen bis nach ganz weit draußen und zurück. Am Ende ist Emil schneller wieder am Strand, und Papa liegt im Sand und schnauft.

»He, wie unfair! Das liegt nur daran, dass mich im Wasser was in den Fuß gepikt hat«, sagt Papa lachend.

»Faule Ausrede!«, meint Emil.

»Ich glaub, ich seh 'ne Meerjungfrau …«, sage ich leise.

Genau da höre ich es in meiner Strandtasche kichern. Biiiber! Seit Toni nicht mehr da ist, habe ich mich überhaupt nicht genug um Biber gekümmert! Ich hole ihn raus und drücke ihn ganz doll an mich. Ich gucke ihm in seine niedlichen Augen und denke: Heute Abend im Bett können wir reden. Von Toni habe ich gar nichts mehr gehört. Na klar, wie denn auch? Ich bin ja im Urlaub.

Abends essen wir in einem Restaurant am Strand. Es ist schön warm, und wir sitzen mit den Füßen im Sand. Emil fragt mich immer irgendwas, aber ich antworte nicht. Ich denke an Biber und auch an Toni. Mama, Papa und Emil unterhalten sich, doch ich höre kaum zu.

»Biber, vermisst du Ted?«, frage ich leise, als Biber und ich unter dem dünnen Laken im Bett liegen. Über uns rattert ein Ventilator an der Decke, und von draußen vor dem Haus hört man Stimmen. Aber am lautesten ist Emils Schnarchen neben mir.

»Klaro vermisse ich ihn«, flüstert Biber fröhlich. »Zum Glück sehen wir Ted ja bald wieder, oder?«

Ich denke daran, was Mama gesagt hat, und nicke. »Ja, genau.« Aber plötzlich fällt mir der erste Schultag in der großen Schule ein – ohne Toni –, und ich kann nichts mehr sagen. Auf einmal kommt es mir so gemein vor, dass ich da ohne Toni hingehen soll.

»Warum musste Toni auch unbedingt wegziehen?«, frage ich Biber. »Direkt vorm Schulanfang. Ich kenne da einfach niemanden, und wir wollten doch alles zusammen machen.«

Ich kuschle mich fest an Biber und lege mir seine geblümten Hände auf die Augen. Das hilft, weil nämlich plötzlich ganz schön viele Tränen kommen.

»Und am ersten Schultag kann ich noch nicht mal dich mitnehmen, weil dann ja die anderen großen Kinder denken, dass ich bekloppt bin oder so. Und überhaupt kann ich dann ...«

Biber hört mir still zu, seine Pfoten liegen immer noch auf meinen Augen. Wahrscheinlich sieht das ziemlich witzig aus.

»Ach, Rosalein, das schaffst du. Toni und du, ihr schafft das beide«, sagt Biber leise und zieht vorsichtig seine nassen Pfoten weg. Er wackelt so lustig mit den Ohren, als er mich anguckt, und da muss ich ein bisschen lachen.

Ich überlege, wie Tonis Haus wohl aussieht. Ist es wieder blau? Hat sie eine Schaukel?

»Morgen schreibe ich Toni mit Mama eine Postkarte und frage sie, wie alles ist«, sage ich zu Biber.

Ich nehme mir ein Taschentuch vom Nachtisch, und dann schlafen wir beide endlich ein.

Am nächsten Tag frage ich als Allererstes Mama, ob sie mir nachher bei der Postkarte an Toni hilft.

LIEBE TONI,
WELCHE FARBE HAT DEIN HAUS? HABT IHR EINE SCHAUKEL? HIER IST ES SCHÖN. WIR SIND IMMER AM STRAND UND SCHWIMMEN. ICH HABE SCHON GANZ VIELE MUSCHELN GESAMMELT.
VIELE GRÜSSE AN TED UND DEN HONIG
DEINE ROSA

»Grüße an den Honig?« Mama sieht mich ein bisschen komisch an, als sie den letzten Satz schreibt. Sie gibt mir die Karte zum Unterschreiben.

Ich lache nur, aber ich sage nichts.

»Versteh schon, ein Rosa-Toni-Geheimnis, stimmt's?«

Ich nicke. »Oh«, fällt mir dann ein. »Du musst auch noch schreiben: Gestern hat eine Meerjungfrau Papa in den Fuß gepikt.«

»Das passt aber nicht mehr drauf«, sagt Mama. »Schreib das doch nächstes Mal. Hm, habe ich gar nicht mitbekommen, wie das passiert ist …«

»Papa wusste nur nicht, dass es eine war, aber gepikt hat sie ihn«, erkläre ich Mama.

»Wir sollten Toni was aus dem Urlaub mitbringen«, sagt Mama. Sie hat ihre Sonnenbrille auf und guckt in die Sonne. Ich kann ihre Augen nicht sehen.

Papa und Emil spielen Strandtennis.

»Hä? Aber warum was mitbringen? Toni ist doch gar nicht mehr da!«, sage ich.

»Na ja, aber wir können ihr doch was mit der Post schicken. Es gibt Toni ja weiter auf der Welt, nur ist sie nicht bei uns«, erklärt Mama.

Als ob ich das nicht wüsste.

»Ich könnte ihr Muscheln schicken«, sage ich.

Mama überlegt. »Gute Idee, wir haben ja auch schon viele gesammelt!«

»Und ich male noch was auf die Muscheln drauf!«, rufe ich. Auf einmal habe ich total Lust, für Toni zu basteln.

Den ganzen Nachmittag sitze ich mit Mama an dem kleinen Tisch im Café am Strand und male Muscheln mit Filzstiften an. Mama malt auch eine an, aber sie sagt, dass sie die scheußlich findet. Typisch Mama, dabei sieht sie besser aus als alle von mir, mit einem Sonnenschirm drauf. Danach liest Mama in ihrem Buch, weil ich male und male und gar nicht mehr aufhöre.

Ich male Ted und einen Honigtopf und noch eine Meerjungfrau und einen Tennisschläger und einen Ventilator. Auf einmal fällt mir auf, dass ich für Toni eine ganze Geschichte male, eine Muschelgeschichte. Und ich freue mich richtig, als ich mir vorstelle, wie sie die anguckt. Ob sie dabei dann zwischen diesen ganzen Umzugskisten sitzt, oder sieht ihr Zimmer schon wieder gemütlich aus? Am Ende male ich auf eine Muschel noch ein Herz, und dann bin ich fertig.

»Jetzt müssen wir aber los zur Post«, sage ich zu Mama, »Damit Toni ihr Paket schnell kriegt.«

Mama nickt. »Ja, und wir müssen die Muscheln gut einpacken, sie sollen schließlich alle heil bleiben.«

Emil und Papa spielen noch ewig weiter Strandtennis. Manchmal bleiben Leute stehen und gucken zu, weil sie echt ziemlich gut spielen. Mama und ich gehen vom Strand weg, in die kleine Einkaufsstraße. Wir kaufen ganz feines Papier und einen großen Karton. Da stecken wir die Muscheln und die Karte rein, und Mama schreibt die neue Adresse von Toni drauf. Ich kann ja noch nicht lesen, aber ich sehe, dass dort ein anderer Straßenname steht als der, den ich kenne.

Irgendwie wird mir kurz komisch im Bauch, als ich an das blaue Haus denke, aber dann steht da der lachende Mann im Postamt, der das Paket annimmt und mir noch einen Lolli schenkt.

»Tschüs, Päckchen, grüß Toni von mir!«, rufe ich und schicke dem Paket ein Küsschen hinterher.

Der Mann denkt, dass ich ihn meine, und lacht.

Jetzt lachen Mama und ich auch und gehen zurück zum Strand – aber vorher essen wir noch eine große Kugel Eis! Ich nehme Honig und denke dabei an Ted. Schade eigentlich, dass es kein Holzeis gibt, überlege ich und ticke Biber kurz an, der in meiner Strandtasche sitzt.

Am Abend im Bett fühle ich mich überhaupt nicht alleine, schließlich ist ja Biber da. Es ist wie früher mit ihm, weil er nämlich heute gar nicht redet. Als ich unter die Decke gekrochen bin, hat er nur einmal ganz doll gegähnt und dann sofort die Augen zugemacht. Ich kann lange nicht einschlafen, weil ich mir überlege, wie Toni wohl guckt, wenn

sie die Muschelgeschichte auspackt. Auf einmal kommt es mir so vor, als wäre Toni gar nicht so weit weg.

»2 Wochen Strand und Sonne, jetzt reicht es aber auch, was?«, sagt Mama, als wir am letzten Abend in dem Füße-im-Sand-Restaurant sitzen.

»Nein!«, rufen Emil und ich beide gleichzeitig, und auch Papa schüttelt den Kopf.

»Ganz und gar nicht, der Urlaub müsste noch viel, viel länger sein«, sagt er und steckt sich eine Olive in den Mund. »Zu Hause schmecken die Oliven nie so gut …«

»Ach, komm schon«, sagt Mama. »Meine Oliven vom Markt sind doch köstlich.«

Emil und ich schauen uns an und rollen mit den Augen, sodass Mama es sieht.

»Ja, und die Karotten erst!«, sagt Emil und lacht. »Die schmecken einfach wuuunderbar!«

Jetzt muss Mama auch lachen, und ich höre es ganz leise in der Strandtasche unterm Tisch kichern.

Es schneit aus dem Brief!

»Rosa! Hast du schon in den Briefkasten geguckt?«, ruft Emil, als wir gerade die Taschen durch die Haustür reintragen.

Ich laufe sofort los und bin ziemlich aufgeregt.

Und tatsächlich: ein Päckchen von Toni! Es ist ein großer, ganz schön schwerer Umschlag. Ich setze mich direkt unter dem Briefkasten auf den Fußboden und mache ihn auf. Als ich den Tesafilm abreiße, rieselt mir irgendwas Weißes entgegen. Ist das etwa Schnee? Nein – Haferflocken! Und dann ist da noch was Schweres, Braunes im Päckchen. Ich ziehe daran und pieke mir dabei in den Finger. Dann weiß ich, was es ist: Holzstücke. Wahrscheinlich hat Toni die irgendwo gesammelt.

Hm, ist denn in diesem Paket vielleicht auch noch was für mich drin, oder ist alles nur für Biber? Da ist ein Umschlag, ich kann lesen, dass mein Name draufsteht, in Tonis Krakelschrift.

Ich laufe mit dem Brief zu Mama, die vor der Waschmaschine kniet. »Maaamaaa! Vorlesen!«

»Nee, Rosa, jetzt wirklich nicht, du siehst doch, dass ich hier zu tun habe. Frag bitte Emil«, sagt sie nur.

Also laufe ich zu Emil, und der nimmt mir direkt den Brief aus der Hand. Auf dem Papier ist richtig viel Text, von Tonis Mama geschrieben. Emil guckt erstaunt auf ein paar Haferflocken, die auf den Boden rieseln, und liest vor:

LIEBE ROSA,
UNSER HAUS IST ROSA! ROSA WIE ROSA.
WIR HABEN EINE SCHAUKEL. DER HONIG IST IMMER NOCH TOTAL SCHNELL LEER.
ICH HOFFE, DEIN BETT IST NOCH NICHT ZUSAMMENGEKRACHT. DEINE MUSCHELN HÄNGEN ÜBER MEINEM BETT.
DEINE TONI

Emil sieht mich ein bisschen verwirrt an. »Lila spricht in Rätseln, ich verstehe kein Wort. Ich hoffe, du kapierst mehr«, sagt er und drückt mir den Brief in die Hand.

»Ja, alles klar!«, sage ich und mache einen Hüpfer vor

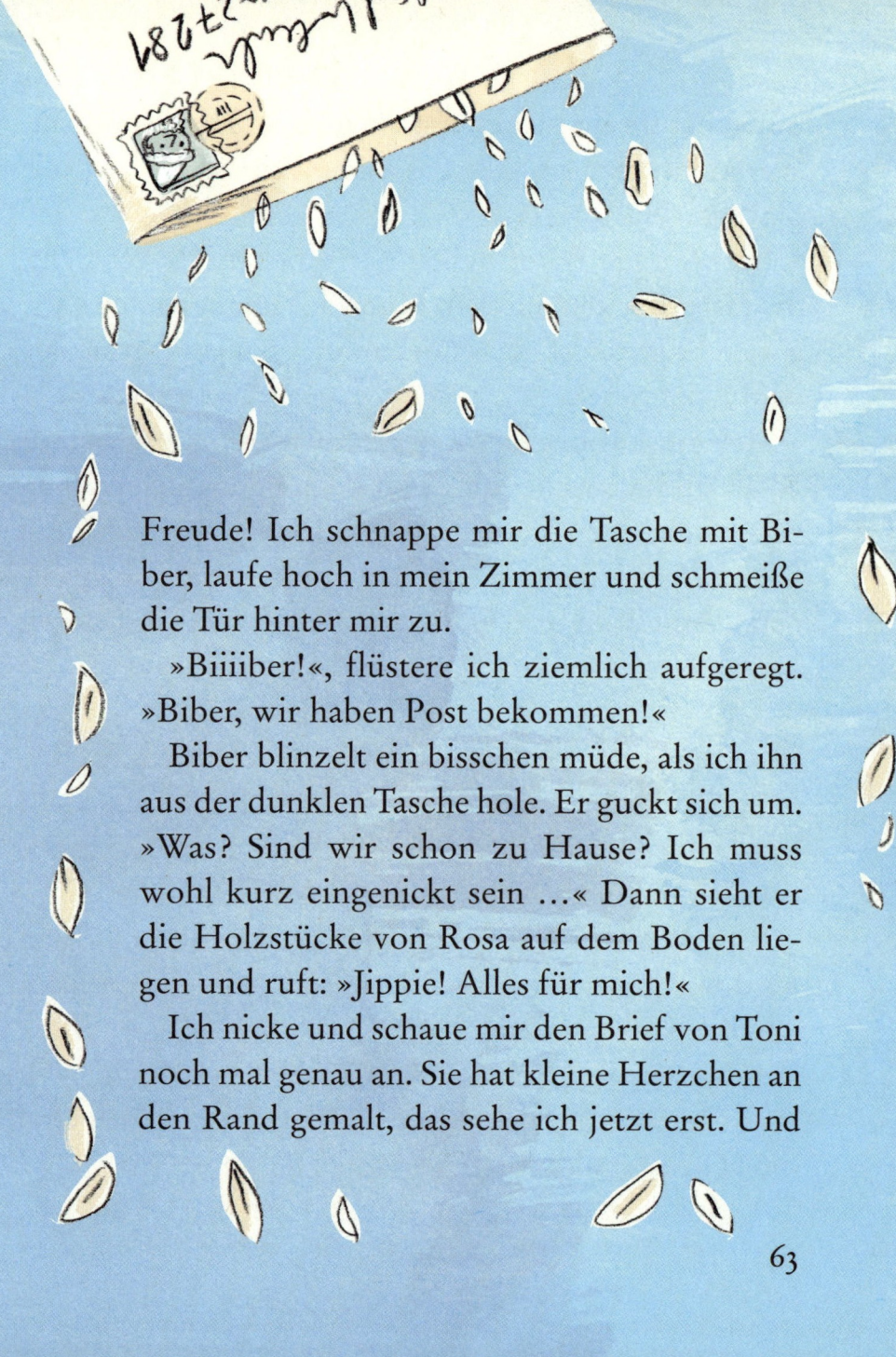

Freude! Ich schnappe mir die Tasche mit Biber, laufe hoch in mein Zimmer und schmeiße die Tür hinter mir zu.

»Biiiber!«, flüstere ich ziemlich aufgeregt. »Biber, wir haben Post bekommen!«

Biber blinzelt ein bisschen müde, als ich ihn aus der dunklen Tasche hole. Er guckt sich um. »Was? Sind wir schon zu Hause? Ich muss wohl kurz eingenickt sein …« Dann sieht er die Holzstücke von Rosa auf dem Boden liegen und ruft: »Jippie! Alles für mich!«

Ich nicke und schaue mir den Brief von Toni noch mal genau an. Sie hat kleine Herzchen an den Rand gemalt, das sehe ich jetzt erst. Und unten hat sie ein blaues und ein gelbes Haus hingemalt. Wer zieht jetzt wohl in das blaue Haus ein?, fällt mir plötzlich ein.

Da höre ich Biber neben mir quieken. Er versucht, die Haferflocken mit dem Mund aufzufangen. Ich habe gar nicht gemerkt, dass noch immer ein paar letzte aus dem Brief rieseln.

»Ich muss Toni gleich morgen antworten«, sage ich zu Biber und wünsche mir dabei so doll, dass ich endlich selber schreiben kann. Noch 1 Woche, bis die Schule losgeht, und dann werde ich mich richtig anstrengen, damit Toni bald ganz viele Briefe von mir kriegen kann.

Als Papa und Mama mir später Gute Nacht sagen, hängt Tonis Brief schon über meinem Bett, festgeklebt mit meinem bunten Lieblingsklebeband. Er hängt so, dass ich ihn beim Aufwachen direkt sehen kann.

Papa liest den Brief noch einmal laut vor, und dabei wird mir ganz warm im Bauch. Ich glaube, jetzt kann ich den Brief auswendig.

»Hm, das ist ja ein schöner Brief«, sagt Papa. »Ich verstehe zwar nur die Hälfte, aber macht ja nichts. Und die Häuser sind hübsch gemalt.«

Ich nicke, und zusammen gucken wir uns jedes einzelne Herz genau an. Toni kann wirklich gut malen.

»Zu Weihnachten schreibst du ihr schon den ersten Brief allein«, sagt Papa. »Das erinnere ich noch von Emil damals. Man lernt die ersten Buchstaben, und auf einmal geht es ganz schnell.« Und dann sagt er noch: »Am 3. Advent werden Toni und ihre Familie uns hier im gelben Haus besuchen. Das haben wir schon seit ewigen Zeiten ausgemacht.«

Am 3. Advent! Das ist noch sooo lange hin, aber jetzt kann ich immer daran denken und mich darauf freuen. Ich kuschle mich in mein Bett.

Füße-im-Sand-Restaurant, Strandtennis, Muscheln ... das ist alles nett. Aber am schönsten ist es doch im eigenen Bett! Das war ein guter Reim, denke ich noch, ehe ich einschlafe ...

»Rosa, heute wollen wir die Sachen für die Schule kaufen«, sagt Mama, als sie am nächsten Morgen an meinem Bett sitzt. »In wenigen Tagen geht es los.«

»Hmm«, mache ich. Ich bin noch müde, und irgendwie habe ich gar keine Lust mehr auf Schulsachenkaufen.

Ich hatte mich so darauf gefreut, als ich den Brief

von meiner neuen Lehrerin Frau Puster bekommen habe. Aber das war, als Toni noch bei mir war. Toni und ich hatten den Brief beide am selben Tag im Briefkasten und haben zusammen die Bilder angeguckt, die Frau Puster neben die Sachen gemalt hatte: einen Tuschkasten mit 12 Farben, Pinsel, 2 Schreibhefte und 1 mit Karos, 3 Heftumschläge … ich kenne alles genau.

»Ich weiß, dass wir eigentlich mit Toni einkaufen gehen wollten«, seufzt Mama. »Ich werde ja selbst ganz traurig, wenn ich daran denke …« Und dann sehe ich, dass sie sogar Tränen in den Augen hat.

»Weinst du jetzt?«, frage ich erstaunt. Auf einmal bin ich gar nicht mehr müde. »Wie Oma immer?«

Mama schüttelt den Kopf und lacht. Doch sie wischt sich dabei ganz kurz über die Augen. »Nein, nicht wirklich, weil ich ja schließlich weiß, wie gut es dir in der Schule gefallen wird. Aber für mich ist es doch auch komisch, dass das blaue Haus jetzt so leer ist …«

»Ach, Mamilein, da zieht sicher bald wieder eine Familie ein! Bestimmt findest du dann eine neue Freundin, die auch so nett ist wie Sabine«, sage ich.

Obwohl Tonis Schokokeks-Mama natürlich schon besonders toll war.

»Bestimmt!«, sagt Mama. »Und bestimmt ziehen nette Kinder ein! So, jetzt aber raus aus dem Bett. Unten stehen schon die Croissants auf dem Tisch, und nach dem Frühstück wollen wir los.«

»Croissants?« Heute steckt Mama irgendwie voller Überraschungen. »Ist denn heute Sonntag? Dann können wir ja aber gar nicht einkaufen gehen.«

»Nein, heute ist ein stinknormaler Mittwoch. Aber ich dachte mir, zur Feier des Tages, weil wir ja schließlich gerade erst zurück sind und …«

Das haut mich jetzt glatt um. Hatte ich es mir doch gedacht: Ohne Toni ist bei Mama alles möglich!

Ich hüpfe aus dem Bett und ziehe mich schnell an. Auf dem Boden vor meinem Bett liegt noch Sand aus dem Urlaub, der ist wohl gestern aus meiner Tasche gerieselt. Der schöne Strand!, denke ich. Aber man kann ja schließlich nicht alles auf der Welt auf einmal vermissen. Und ich habe schon genug damit zu tun, immer an Toni zu denken.

Dann sitze ich beim Frühstück, und ich merke mal wieder, wie schlau Mama ist, dass sie heute Süßes zum Frühstück gekauft hat. Als ich in mein Schoko-Croissant beiße, bin ich nämlich auf einmal gar nicht mehr traurig, weil es so lecker schmeckt. Und der Kakao erst!

Auf dem Tisch liegt die Liste von Frau Puster. Ich gucke kurz drauf, aber ich kann sie ja sowieso längst auswendig. Doch dann gucke ich mir doch noch mal das Foto von der Lehrerin an, das mit im Umschlag war. Frau Puster sieht nett aus, sie hat ein rosa Hemd an und lange blonde Haare. Ha!, denke ich, extra für Rosa!

Im Schreibwarenladen sind wir superbeschäftigt, und ganz viele andere Kinder sind mit ihren Mamas oder Papas da und auch superbeschäftigt. Jeder fragt die Verkäuferin irgendwas, und die kann natürlich gar nicht allen gleichzeitig antworten. Mama und ich fragen nichts, wir haben ja schließlich unsere Liste.

Als wir gerade die Pinsel in den Korb tun, höre ich neben mir jemanden weinen. Mama hört es auch.

Da stehen eine andere Mama und ein Mädchen mit roten Haaren und so vielen Sommersprossen, wie ich noch nie auf einmal gesehen habe.

»Ganz bestimmt vergessen wir was, ganz sicher habe ich dann am ersten Schultag nicht alles dabei …«, sagt das Mädchen. Es sieht total verheult aus.

Liebe Rosa,

jetzt dauert es nicht mehr lange, dann bist Du ein Schulkind!

Mein Name ist Frau Puster, und ich bin Deine Lehrerin. Ich freue mich sehr, dass Du in meine Klasse kommst.

Vielleicht hast Du Dir ja schon einen schönen Schulranzen ausgesucht? Zum ersten Schultag bringe darin bitte folgende Sachen mit:

- Tuschkasten und Pinsel
- Federmäppchen mit Buntstiften, Bleistift und Radiergummi
- 2 Schreibhefte
- 1 Rechenheft
- 3 Heftumschläge
- Brotdose und Trinkflasche

Liebe Grüße
Deine Frau Puster

Da fragt meine Mama die Sommersprossen-Mama (die natürlich auch Sommersprossen hat!), ob sie ihr helfen kann.

Und die Sommersprossen-Mama sagt: »Na ja, wir haben ein kleines Problem. Lara kommt nächste Woche in die 1. Klasse, aber wir haben die Liste zu Hause liegen lassen, auf der steht, was wir brauchen. Eigentlich können wir sie sowieso schon auswendig, aber Lara hat Angst, dass wir doch nicht an alles denken … Sie wollte so gerne schon heute die neuen Sachen in den Ranzen packen.«

Mama guckt Lara an und streichelt ihr über den Kopf. »In welche Klasse kommst du denn? Du gehst doch sicher auch auf die Mühlental-Schule, oder?«

Lara nickt, aber sie weint weiter. »1 b«, sagt sie dann so leise, dass Mama es gar nicht gehört hat.

1 b?? Aber das ist doch meine Klasse! Ich komme auch in die 1 b! Ich hüpfe vor Freude ein kleines Stück in die Luft, wie Toni das immer macht, und sage: »Tatatata!« Dabei wedele ich dem Mädchen mit meiner Liste von Frau Puster vor der Nase herum.

Lara guckt mich ein bisschen komisch an, aber dann lacht sie plötzlich und zeigt auf den Brief. »Die Liste ist von Frau Puster, die Lehrerin habe ich auch!«

Mama und die Sommersprossen-Mama wechseln einen Blick.

»Na, wenn das kein Zufall ist«, sagt die Sommersprossen-Mama und schüttelt meiner Mama die Hand. »Ich heiße Katharina.«

Meine Mama sagt auch ihren Namen. »Und das hier ist Rosa.«

Dann sind wir alle vier superbeschäftigt, weil wir nun zusammen mit meiner Liste durch den Laden laufen und die Schulsachen in den Regalen suchen.

8. Kapitel

Erdbeere oder Schokolade?

»Erdbeere! Ich nehme Erdbeere. Und du?«, fragt mich Lara, als wir im Eiscafé sitzen. Neben unseren Stühlen stehen 2 große Tüten mit unseren ganzen Schulsachen drin.

»Schokolade«, sage ich. »Ich muss immer Schokolade nehmen. Wenn ich mal eine andere Sorte aussuche, bereu ich es hinterher.«

Lara nickt. »So geht es mir mit Erdbeere.«

»Und wo wohnt ihr?«, fragt Mama und trinkt einen Schluck von ihrem Kaffee.

Lara wohnt gar nicht weit weg von uns. Nicht im blauen Haus, na klar, aber

nur ein paar Straßen weiter. Lara hat nicht nur viele Sommersprossen, sie hat auch so viele Locken, wie ich es fast noch nie gesehen habe. Ihre Mama erzählt, dass Lara, genau wie ich, keinen in der Schule kennt.

Und dann müssen Lara und ihre Mama schnell nach Hause, und wir auch – Ranzen einpacken! Aber am Dienstag bei der Einschulung sehen Lara und ich uns ja wieder. Außerdem haben wir jetzt Laras Telefonnummer.

»Falls noch was ist«, haben die Mamas gesagt.

Als wir in unsere Straße kommen, steht Emil mit dem Fahrrad auf dem Fußweg und redet mit einem älteren Mann. Wer ist denn das? Den habe ich ja noch nie gesehen. Auf einmal bleibt mir fast das Herz stehen vor Freude: Vor Tonis Haus hat schon wieder ein Umzugswagen geparkt! Ob sie zurückgekommen ist?

»Mama, das hier sind unsere neuen Nachbarn«, sagt Emil, als wir bei ihm sind.

Der Mann gibt Mama die Hand und sagt: »Ich bin Herr Blau. Wir ziehen hier gerade ein.«

Mama lacht. Ich weiß, dass sie das Gleiche denkt wie ich: Herr Blau zieht ins blaue Haus – sehr lustig.

Herr Blau sieht nett aus, wie ein freundlicher Opa. Seine Frau ist schon im Haus und räumt die Küche ein, erzählt er uns. Bald wollen die beiden Blaus uns mal besuchen kommen.

Hm, schade, keine neue Toni. Ganz kurz habe ich wirklich geglaubt, es wäre alles wie früher. Jetzt habe ich wieder diesen blöden Kloß im Hals. Obwohl ich mich doch eigentlich freuen müsste, weil ich endlich die Tüte mit all meinen neuen Schulsachen habe.

»Alles ohne Toni«, sage ich leise vor mich hin und habe gar keine Lust, noch länger mit Herrn Blau zu reden. Dann überlege ich, dass es bei Herrn Blau im blauen Haus wahrscheinlich Kekse gibt. Eigentlich haben alte Leute immer Kekse im Schrank. Bei Keksen muss ich auch an Ted denken, und bei Ted denke ich an Biber. Ich laufe schnell zu uns ins Haus.

»Biiiber!«, rufe ich. »Biber! Ich habe alles für die Schule eingekauft. Und ich habe Lara getroffen, die isst gerne Erdbeereis. Und Herr Blau wohnt jetzt im blauen Haus. Keine Toni mehr, aber …« Da ist wieder dieser Kloß. »Bestimmt hat Herr Blau leckere Kekse …«, sage ich leise.

Biber sieht mich an. Er legt mir seine geblümten Pfoten auf die Augen, als ich ihn in den Arm nehme, und sagt: »Ich habe keine Ahnung, wovon du gerade redest. Aber wärst du so nett, mir eine Karotte zu holen? Ich habe noch gar nicht gefrühstückt. Du hast ja gesagt, dass ich keinen Bettpfosten und keine Tischbeine mehr anknabbern darf. Mir knurrt richtig der Magen.« Dabei streicht er sich über den Bauch.

Als er dann kurz danach mit dem Mund voll Karotte dasitzt, erzähle ich ihm noch mal der Reihe nach, was ich am Morgen erlebt habe.

»Stimmt, Opa Blau klingt nach Keksen ... Schade eigentlich, Karotten essen so alte Leute ja meistens nicht. Opa Ted würden bei einer harten Karotte bestimmt auch die Zähne rausfallen«, sagt er und kichert dabei dieses typische Biber-Kichern.

Jetzt muss ich lachen. Zum Glück habe ich Biber und das Rosa-Toni-Geheimnis.

Dann bauen Biber und ich uns auf meinem Bett einen Biberdamm und spielen, dass wir da wohnen und zum Futterholen schwimmen müssen. Es sieht so witzig aus, wie Biber jedes Mal – mit Holzgemüse vom Kaufmannsladen im Mund – über den Boden zurück zu unserem Damm paddelt.

Ein paarmal kommt Mama rein, aber weil ich mit

meinem Kuscheltier spiele, geht sie immer wieder raus. Irgendwann setze ich mich aber zu ihr nach unten in die Küche, weil wir ja schließlich alle neuen Schulsachen beschriften und endlich meinen Ranzen einräumen müssen.

»Jetzt kennst du sogar schon ein Kind in deiner neuen Klasse!«, sagt Mama. »Vielleicht darfst du am ersten Schultag ja neben Lara sitzen.«

Ich nicke. Ja, das wäre toll.

»Mama, was glaubst du, wie kämmt Lara sich ihre Haare? Die müssen doch total verziepen nach dem Waschen.«

»Bestimmt verziepen die, aber vielleicht hat sie einen speziellen Kamm. Sie ist doch nett, oder?«

»Hmmm«, mache ich. »Sie isst lieber Erdbeereis als Schokolade.«

Nie im Leben könnte ich mir vorstellen, Erdbeere lieber zu mögen als Schokolade. Aber es kann natürlich sein, dass sie trotzdem nett ist.

Eigentlich ist jetzt alles vorbereitet: Der Ranzen ist gepackt, und ich habe mir mit Mama schon 2 verschiedene Kleider überlegt, die ich am ersten Tag anziehen kann: eins mit langen Ärmeln, falls es regnet, und eins ohne Ärmel für Sonnenschein.

Emil muss mal wieder für die Schule lernen, und das in den Ferien! Im Rechnen ist er nicht so gut, deshalb sitzt er nun am Schreibtisch. Emil ist froh, als Mama sagt, dass er ja auch noch mit mir Schule spielen wollte.

»Jetzt?«, fragt er mich.

»Ja, auf der Stelle«, sage ich.

Und tatsächlich steht Emil sofort auf und kommt mit in mein Zimmer.

Biber liegt auf dem Bett, und seine Augen blitzen lustig. Aber ich mache schnell »Pssst«, damit Emil nichts mitkriegt. Manchmal habe ich Lust, Emil von Biber zu erzählen, aber das lasse ich lieber sein. Nachher denkt er, ich bin verrückt geworden oder so.

Emil schreibt das ganze Alphabet an die Spieltafel. Und dann nennt er mir immer Wörter, und ich muss sagen, mit welchem Buchstaben sie anfangen, und draufzeigen. Das kann ich richtig gut.

»Pass auf, dass du nicht schon *zu* gut bist, sonst langweilst du dich nachher noch in der Schule!«, sagt Emil.

»Haha, das glaube ich nicht. Außerdem muss ich

schnell schreiben lernen, damit ich Toni alleine einen Brief schicken kann!«, erkläre ich ihm.

Emil guckt mich an. »Sollen wir Toni zusammen einen Brief schreiben? Ich kann dir ja immer die Buchstaben vorsagen, und du malst sie.«

»Oh ja, das machen wir!«, rufe ich und hole sofort einen Stift und buntes Papier. Ich will Toni alles erzählen: vom Schulsacheneinkaufen, von Lara, von Biber und dem Dammbauen …

Aber selber schreiben dauert viel länger, als wenn Mama das für mich macht. Nach 2 Stunden sind wir immer noch nicht beim Biberdammbauen angekommen. Trotzdem bringt es total Spaß, und Emil hat ganz viel Zeit für mich, weil er dann nämlich nicht selber lernen muss.

Als Mama irgendwann von unten ruft, was denn mit dem Rechnen ist, ruft er zu ihr herunter, dass er noch mit mir den Brief fertig machen muss.

»Guter Trick, was?«, sagt er leise, und wir beide kichern.

Am Ende habe ich den Brief wirklich allein geschrieben, eine ganze Seite!

Emil sieht sich den Brief an und klopft mir auf die Schulter. »Super, Rosa. Darüber wird Lila sich garantiert freuen! Und falls sie was nicht lesen kann, ruft sie dich am besten einfach an.«

Anrufen! Daran habe ich ja bisher gar nicht gedacht. Ich will unbedingt mit Toni telefonieren, so wie sonst mit Oma. Auf jeden Fall will ich sie nach dem ersten Schultag anrufen, das weiß ich schon mal genau.

Aber jetzt male ich erst mal ein paar Blumen und ein Schokoladeneis auf den Brief, und Emil geht in sein Zimmer, weil er jetzt wirklich noch lernen muss.

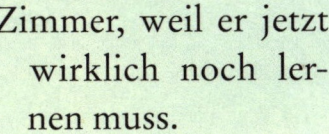

Dann zeige ich Mama den Brief, und sie sagt: »Warum schicken wir dich denn überhaupt noch in die Schule?«

Sie erzählt, dass Laras Mutter eben angerufen hat, weil sie irgendwas zur Schule fragen wollte. Mama kennt sich natürlich aus, weil Emil auch schon auf der Mühlental-Schule war.

Und ich kenne mich genauso gut aus und kann sogar längst schreiben, weil ich Emil habe!

Kaffeetanten

»Ihr habt ja alle meinen Brief bekommen, oder? Wisst ihr noch, wie ich heiße?«, fragt meine neue Lehrerin am ersten Schultag.

Sofort gehen ganz viele Finger in die Luft, und ein Junge ruft laut: »Frau Puster!«

Sie lacht. »Genau, ich bin Frau Puster. Heute ist es noch okay, dazwischenzurufen. Aber normalerweise machen wir das natürlich nicht. Guck mal, Jannik, wie gut sich die anderen Kinder alle melden.«

Zuerst denke ich, warum weiß die Lehrerin denn schon seinen Namen? Aber dann erinnere ich mich, dass wir ja alle ein Schild aufgeklebt bekommen haben.

Wir durften uns hinsetzen, wo wir wollten, und da habe ich mich wirklich neben Lara gesetzt. Sie hat heute 2 Zöpfe, ihre Haare stehen gar nicht so wild in alle Richtungen ab wie neulich beim Einkaufen.

Frau Puster hat die Tische zusammengestellt, so

sieht es ein bisschen aus wie in einem Café oder Restaurant. Immer 6 Kinder sitzen zusammen an einem großen Tisch und gucken sich an. Wenn ich an die Tafel schauen will, muss ich mich umdrehen. Aber noch steht gar nichts an der Tafel, und Frau Puster geht zwischen den Tischen hin und her. Ein Mädchen kenne ich vom Spielplatz. Aber sonst kenne ich niemanden, außer Lara.

Auch Toni sitzt genau in diesem Augenblick in ihrer neuen Klasse, fällt mir da ein. Aber ich habe keine Ahnung, neben wem. Und ich weiß auch gar nicht, wie ihre Lehrerin heißt. Toni weiß natürlich, dass meine Frau Puster heißt. Erster Schultag ohne Toni, irgendwie klingt das immer noch komisch.

Dann gibt Frau Puster jedem Kind ein Blatt Papier, auf dem eine große Schultüte zu sehen ist. Als Hausaufgabe sollen wir die Sachen malen, die in unserer Schultüte sind. Ich würde viel lieber aufschreiben können, was drin ist! Allein schon bei dem Wort »Schultüte« wird mir ganz kribbelig im Bauch. Ich gucke auf die große gelbe Tüte, die neben meinem neuen Federmäppchen auf dem Tisch liegt. Plötzlich will ich schnell nach Hause, damit ich meine Geschenke endlich auspacken kann.

Lara schaut auch auf ihre Schultüte. Jetzt lacht sie mir zu, und ich bemerke, dass sie eine richtig coole große Zahnlücke hat – da fehlen mindestens 3 Zähne auf einmal! Die Zahnlücke ist mir beim Eisessen gar nicht aufgefallen.

Dann stehen alle Kinder auf, und Frau Puster sagt: »Genießt euren ersten Nachmittag als echte Schulkinder. Feiert schön mit euren Geschwistern, Eltern und Großeltern, oder wer sonst noch so dabei ist.«

Alle Kinder sollen sich vorne vom Pult einen Stundenplan mitnehmen, und zum Schluss kommt das Tollste: Es klingelt! Zum ersten Mal höre ich dieses besondere Klingeln vom Schulgong, von dem immer schon alle geredet haben. *Ding-dang-dong*, und der erste Schultag ist zu Ende.

Draußen stehen Mama und Papa.

Papa drückt mich ganz doll an sich und sagt, dass er jetzt eine Stunde lang schlechten Kaffee auf dem Schulhof getrunken hat und deshalb ganz schnell ins Eiscafé muss, um einen *echten* zu trinken.

Laras Papa, der neben ihm steht, lacht. Und das ist dann wohl direkt wie eine Verabredung, denn kurz danach sitzen wir mit Lara und ihren Eltern im Eiscafé und essen Erdbeer- und Schokoladeneis.

Natürlich haben wir vorher auf dem Schulhof viele Fotos gemacht, vor allem vor der Tafel, auf der »Erster Schultag« stand. Auf einem Foto hat Papa sich aus Quatsch auch davorgestellt, mit meiner Schultüte im Arm, und sich ganz klein gemacht.

Beim Eisessen unterhalten sich die Mamas und Papas über alles Mögliche. Lara und ich sagen nichts. Warum auch, wir essen schließlich Eis, und wenn man beim Eisessen redet, dann schmilzt es ja nur.

Lara hat einen kleinen Bruder, der ist auch dabei. Aber von dem merkt man nichts, weil er im Kinderwagen liegt und schläft.

Es gibt so viele Sachen, die ich Toni nachher erzählen will! Ich tippe Mama gegen's Bein und frage leise: »Können wir nach Hause?«

»Ja, gleich«, sagt Mama, weil Mamas das immer sagen. Aber dann redet sie sicher noch eine halbe Stunde weiter, bis wir endlich wirklich gehen.

»Radiergummis, Bleistifte, ein Lineal, saure Bonbons … das ist ja stark, was du alles gekriegt hast«, sagt Emil, als ich ihm die Sachen zeige, die in meiner Schultüte waren.

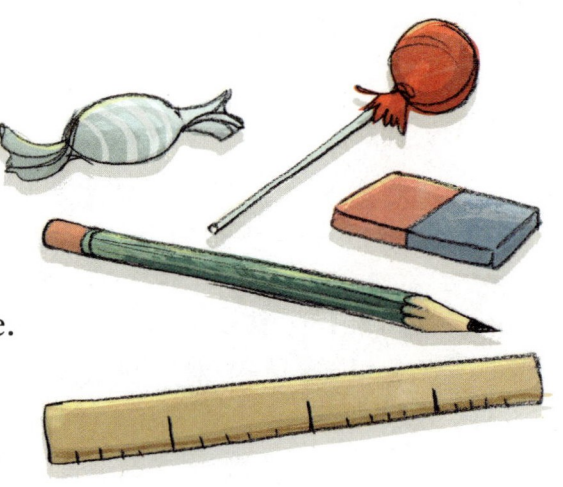

Natürlich gibt es heute Nudeln mit Tomatensoße. Und Emil ist früher nach Hause gekommen als sonst, die letzten 2 Stunden durfte er schwänzen.

Alle reden von meinem neuen Stundenplan, und wie viele Stunden ich habe und wer der Sportlehrer ist und wer Musik unterrichtet … Aber ich höre gar nicht richtig zu. Das kann ich mir ja später alles angucken.

»Darf ich jetzt Toni anrufen?«, frage ich.

Mama nickt und gibt mir Tonis neue Nummer. Ich tippe sie ins Telefon ein, zum ersten Mal. Mama hilft mir.

Es dauert ein bisschen, bis ich die Schokokeks-Mama höre. »Hallo?«

Aber ich sage nichts. Ich wollte doch Toni sprechen!

Mama nimmt den Hörer und sagt irgendwas, und dann kommt endlich Toni.

»Hallo«, sage ich.

»Hallo«, sagt Toni.

Jetzt ist es still.

Mama flüstert neben mir: »Frag sie doch, wie ihre Lehrerin heißt.«

Und ich frage: »Wie heißt deine Lehrerin?«

»Herr Schmidt.«

»Oh.«

Da flüstert Mama wieder: »... und neben wem sitzt sie?«

Ich frage Toni: »Neben wem sitzt du?«

Und Toni antwortet: »Moritz.«

Ich sage zu Mama: »Moritz.«

Nun schnauft Toni ein bisschen in den Hörer, aber sonst höre ich nichts. Und sie hört von mir auch nichts.

Irgendwann will ich nicht mehr telefonieren.

»Tschüs.«

Und Toni sagt auch: »Tschüs.«

Schließlich legen wir auf.

Ich bleibe mit dem Telefon in der Hand sitzen.

»Rosa, komm mal rüber zu uns, dann spielen wir was«, sagt Papa.

Ich will eigentlich nicht spielen, ich will lieber hoch zu Biber. Auf einmal habe ich auf diesen blöden Einschulungstag keine Lust mehr. Aber ich gehe trotzdem zu Papa, setze mich auf seinen Schoß und kuschle mich an ihn.

»Telefonieren ist eigentlich doof, oder?«, sagt Emil. »Das ist doch immer das Gleiche: Vorher weiß man ganz genau, was man erzählen will, und wenn man am Telefon ist, fällt es einem nicht mehr ein. Lass uns Lila lieber wieder einen Brief schreiben.«

Ich nicke, aber das erkennt keiner, weil mein Kopf in Papas Pullover vergraben ist.

»Wenn ihr euch das nächste Mal seht, wird alles wie immer sein, das weiß ich genau. Aber Kinder sind eben keine Kaffeetanten«, sagt nun auch Papa.

Darüber muss ich lachen. Kaffeetanten! Papa hat schon irgendwie recht. Ja, Toni und ich sind keine Kaffeetanten, deshalb reden wir auch nicht im Eiscafé wie Mama und Papa. Das ist doch echt was für Erwachsene.

Und nun sagt Mama: »Stell dir vor, Toni und du,

ihr würdet euch zum Kaffeetrinken im Café verabreden, um einfach mal wieder gaaaaaaanz ausführlich zu quatschen.«

Jetzt müssen wir alle lachen, weil das so lustig wäre. Wir machen noch ein bisschen weiter Witze über Toni und Rosa im Eiscafé. Und dann holt Emil die UNO-Karten, und wir spielen fast den ganzen Nachmittag.

Irgendwann zwischendurch ruft Oma an und will von mir wissen, wie es in der Schule war.

»Gut«, sage ich.

Und dann will Oma noch viel mehr wissen, und ich sage immer nur »Ja« oder »Nein«.

Als ich auflege, sehe ich, dass Papa und Emil ganz rote Köpfe haben. Sie mussten sich nämlich so sehr das Lachen verkneifen, weil Oma das ja sonst gehört hätte. Aber jetzt prusten sie richtig los und sagen immer wieder, wie ich eben, »Gut« und »Ja« und »Nein«.

Da muss ich auch lachen. »Ich bin halt keine Kaffeetante!«

Als ich abends im Bett liege, habe ich fünfmal beim UNO gewonnen, Emil nur viermal. Vor meinem Bett steht der Schulranzen, und ich habe meinen neuen Wecker gestellt, der war ganz unten in der Schultüte.

So ein erster Schultag ist richtig super. Und auch witzig, wegen den Kaffeetanten. Ich gucke auf Tonis Brief über meinem Bett und denke: Morgen frage ich Lara, was sie in der Schultüte hatte.

10. Kapitel

A und B und A und A

»Was war bei dir in der Schultüte?«, frage ich Lara zur Begrüßung.

Emil hat mich bis zum Klassenraum gebracht, und jetzt stehen Lara und ich vor der Tür, weil die nämlich noch gar nicht auf ist, so früh, wie wir dran sind.

»Radiergummis, die riechen. Und ein Turnbeutel, den man ganz klein zusammenmachen kann. Außerdem Filzstifte und 2 Bleistifte mit Meerjungfrauen«, erzählt Lara. »Warte mal, ich wollte dir noch was geben.« Sie setzt ihren Schulranzen ab und wühlt darin herum. Schließlich zieht sie einen blauen Bleistift mit kleinen Meerjungfrauen darauf heraus. »Willst du einen haben? Ich habe ja 2.«

Ich glaub, ich seh 'ne Meerjungfrau, denke ich und nehme den Stift.

»Danke.«

»Wir müssen nur aufpassen, dass wir ihn nicht verwechseln, weil wir ja nebeneinandersitzen.« Lara sagt »verwexzzzeln«, wahrscheinlich wegen der großen Zahnlücke.

Dann klingelt es, und wir gehen rein. Inzwischen sind die anderen Kinder auch da, aber Lara und ich waren heute die Allerersten.

»Wollen wir morgen wieder die Ersten sein?«, frage ich.

Lara nickt.

»Emil! Ich habe schon das A gelernt!«, rufe ich, als er nach Hause kommt. »Frau Puster hat gesagt, dass wir jede Woche einen und manchmal sogar 2 neue Buchstaben lernen. Dann kann ich ganz bald Toni schreiben!«

Emil lässt sich auf seinen Stuhl am Esstisch plumpsen und sagt: »Das ist ja super.« Aber er sieht ein bisschen müde aus. »Ach, Rosa. Sei froh, dass du erst in der 1. Klasse bist. Die 8. Klasse ist echt schwierig, und ich kapier in Mathe null.«

»Armer Emil«, sage ich und denke mir, dass die 1. Klasse wirklich eine super Sache ist. Ich freue mich richtig auf meine Hausaufgaben, aber Emil freut sich nie.

Den ganzen Nachmittag schreibe ich A's auf. Erst schreibe ich sie in mein Heft, dann auf die Tafel, und abends nach dem Baden schreibe ich noch ein paar A's an den beschlagenen Spiegel überm Waschbecken. Ob Toni auch schon das A kann?

»Biber!«, flüstere ich leise, als Mama und Papa nach dem Gutenachtsagen aus dem Zimmer gegangen sind. »Biber, ich kann schon den letzten Buchstaben von dir schreiben!« Ich denke kurz nach. »Und den ersten kenne ich schon, den hat Emil mir neulich gezeigt, das ist das B.«

Bibers dunkle Augen blitzen in der Dunkelheit. »Dann kannst du ja schon fast meinen ganzen Namen schreiben, BIBA.«

»Das stimmt, zweimal das B, einmal das A. Also brauche ich nur noch den Buchstaben dazwischen: Biiiiba.« Ich überlege, welcher Buchstabe das wohl ist.

»Ach, Biber, morgen bringe ich dir auch Buchstaben bei, ja? Dann spielen wir Schule. Heute hatte ich gar keine Zeit für dich, weil ich sooo viele Hausaufgaben machen musste.«

Biber nickt und sieht dabei ein bisschen traurig aus.

Ich drücke ihn fest an mich. »Außerdem bauen wir morgen wieder unseren Biberdamm. Und ich gebe dir noch eine Karotte, bevor ich in die Schule gehe, versprochen.«

Biber gähnt und reibt sich mit seinen geblümten Pfoten die Augen. »Ja, das ist gut«, sagt er leise.

Und dann schlafen wir beide ein.

Viele Grüße aus den tollen Ferien

»Wir haben nur noch 2 Wochen Schule, dann sind schon wieder Herbstferien«, sagt Frau Puster.

Ich kann inzwischen 8 Buchstaben schreiben und noch viel mehr lesen! Den letzten Brief an Toni habe ich wieder mit Emil zusammen geschrieben, aber langsam will ich endlich ganz alleine schreiben können.

Letzte Woche kam ein Brief von Toni an, und da konnte ich richtig viel selbst lesen. Nicht nur ihren Namen, wie früher, sondern auch »LIBE« und »DU«. Schließlich kann ich nun schon alle Königsbuchstaben: »A-E-I-O-U, der Mund geht immer weiter zu.« Supereinfach sind die. Und weil sie in jedem Wort stecken, werden wir bald Profis, hat Frau Puster gesagt.

Toni hat auch alle Buchstaben in ihrem Brief selbst geschrieben.

»Fahrt ihr in den Ferien weg?«, fragt Lara, die wie jeden Tag neben mir sitzt.

»Ja, zu Oma. Und ihr?«

»An die Nordsee, da machen wir immer Urlaub. Wenn du willst, schreib ich dir mal«, sagt Lara.

»Oh ja! Dann schreibe ich dir auch«, sage ich.

Lara ist jetzt schon ein paar Mal bei mir zum Spielen gewesen. Sie hat auch Biber gesehen und mir ihren Kuschelpanda gezeigt. Aber als Lara bei mir im Zimmer war, hat Biber keinen Mucks von sich gegeben, er war genauso still wie bei Emil oder Mama und Papa. Also ist und bleibt das Ganze echt ein Rosa-Toni-Geheimnis!

Mit Lara spielen ist anders als mit Toni. Lara macht zum Beispiel nie Quatsch mit Emil, sie sagt eigentlich gar nichts, wenn er dabei ist. Und natürlich müssen wir auch nie Honigwaffeln oder Marmelade oder Karotten für die Tiere aus der Küche mopsen. Manchmal kann ich mir irgendwie gar nicht mehr so richtig vorstellen, wie es mit Toni war.

In den Herbstferien schreibe ich Lara eine Postkarte mit einem Schaf, die habe ich in dem kleinen Laden in Omas Dorf gekauft. Mama hat diesmal alles für mich vorgeschrieben, und ich musste die Wörter nur abschreiben:

Und als wir nach Hause kommen, liegt im Briefkasten tatsächlich Post für mich! Laras Karte sieht super aus, wahrscheinlich hat die Sommersprossen-Mama die Wörter auch vorgeschrieben.

Den ersten Satz kann ich schon allein lesen: LIEBE ROSA.

Lara schreibt noch mehr, aber ich kenne nur die Wörter IST und LARA.
Mama liest vor:

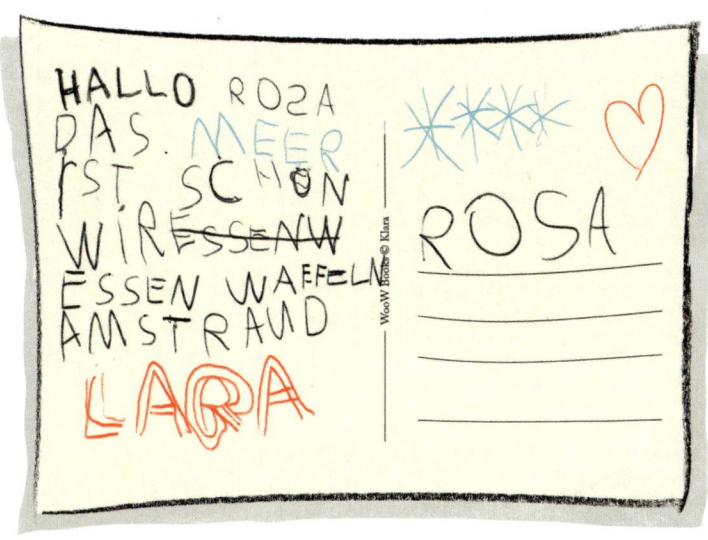

12. Kapitel

Flappo, spring!

»Wollen wir heute bei mir spielen?«, schlägt Lara am ersten Schultag nach den Ferien vor.

»Ich glaub, das geht. Muss noch mal Mama fragen.« Ich habe ja schließlich keinen Nachmittagsstundenplan im Kopf.

Als Mama mich von der Schule abholt, machen wir aus, dass sie mich nach dem Mittagessen zu Lara bringt.

Lara wohnt in einer Wohnung und hat keinen Garten. Aber eine Schaukel hat sie trotzdem – mitten im Zimmer! Ihr Papa hat auf dem langen Flur eine Schaukel aufgehängt, und die schaukelt richtig hoch. Aber natürlich können wir uns dabei keine Schaukelgeschichten erzählen, weil ja immer nur eine von uns beiden zurzeit schaukeln kann. Außerdem fehlt für die Schaukelgeschichten sowieso Toni.

Beim Schaukeln muss ich auf einmal ganz schön doll an sie denken. Ich sehe Toni und mich haargenau vor mir, im Sommer auf der Schaukel. Ich habe Toni ungefähr vor einer Million Wochen geschrieben, und sie hat mir überhaupt noch nicht geantwortet. Wie doof ist das denn bitte? Klar, dass ich ihr jetzt nicht wieder einen Brief schicken kann, das wäre ja nicht fair. Es muss immer abwechselnd gehen. Die einzige Post, die ich in der letzten Zeit bekommen habe, war die Karte von Lara.

»Rosa, kommzzzt du?«, fragt Lara mit der riesigen Zahnlücke.

Ich springe von der Schaukel und nicke. Ich will nicht länger über Toni nachgrübeln. Schließlich bin ich ja hier, um mit Lara zu spielen.

Lara hat nicht nur eine Schaukel, sondern auch einen Balkon mit einem Kaninchen. Das Kaninchen heißt Flappo und ist total niedlich. Ich finde das alles erst ein bisschen komisch, weil Flappo ja ein *echtes* Tier ist und ich sonst eigentlich immer nur mit Kuscheltieren spiele. Aber ich habe eine neue Freundin und spiele neue Sachen, warum auch nicht?

Lara und ich bauen Flappo eine Lauf- und Hüpfstrecke in ihrem Zimmer, aus Bauklötzen und Playmobil-Zäunen. Flappo muss immer drüberspringen, um zu seiner Hasenmüslistange zu kommen.

»Frau Puster ist nett, oder?«, frage ich.

»Ja«, sagt Lara. »Komm, wir machen das Hindernizzz ein bizzzchen höher, dann muss er sich mehr anzzztrengen.«

Wir bauen immer wieder andere Sachen für Flappo auf. Und wir müssen ziemlich lachen, weil Flappo jedes Mal versucht, einfach drumherumzulaufen. Irgendwann denke ich gar nicht mehr an Toni oder Biber. Spielen mit Lara und Flappo macht richtig Spaß!

»Ich glaube, er will sich jetzt ausruhen«, sage ich.

Lara nickt, und wir setzen Flappo zurück in den Stall.

Dann holt Mama mich ab. Auf dem Heimweg sagt sie zu mir: »Zu Hause liegt eine Überraschung für dich.«

»Hab ich Post gekriegt?«

Na, das ist doch nun wirklich ein komischer Zufall. Gerade heute, wo ich ein bisschen gemein über Toni gedacht habe. Und wo ich so toll mit Lara gespielt habe.

Mama nickt geheimnisvoll.

Ich gehe direkt einen Schritt schneller, und als wir endlich zu Hause sind, sehe ich die Überraschung: ein großer Umschlag von Toni! Diesmal ist er ganz flach. Ich nehme ihn mit in mein Zimmer und mache ihn auf.

Toni hat ein super Bild gemalt, mit vielen Sachen aus der Schule. Ihr Lehrer hat eine Brille, und dann ist da noch ein Junge. »MORITS«, hat Toni neben den Jungen geschrieben. Außerdem sehe ich noch ein Mädchen mit braunen Zöpfen. Bei dem Mädchen steht kein Name, aber ich weiß, dass es Toni ist. Auf Tonis Schulhof ist eine Kletterstange, und Toni hat wohl Schoko-Eis gegessen. Neben der Eiswaffel steht »LEKKA«, das kann ich auch lesen. Ich sitze ganz lange auf dem Fußboden vorm Bett und gucke alles an. Biber hat es sich auf meinem Schoß gemütlich gemacht.

Auf einmal höre ich es kichern.

»Ha, Ted hat eine neue gelbe Hose!«, sagt Biber.

»Stimmt! Die ist ja toll«, sage ich, und dann lese ich vor, was unter dem Bild steht: »FON MAMA«

»Na, so was, Tonis Mama hat Ted eine Hose gebastelt oder genäht oder so.«

Biber nickt. »Ich will auch eine. Im Winter ist mir immer kalt an meinen langen Beinen.«

Ich rubbele Biber die Beine warm und sage: »Du kriegst auch eine Hose, versprochen.«

Dann hänge ich Tonis Bild auf, hole mir das große Tonpapier und fange an zu malen, genau

wie Toni: Ich male alles auf, was ich in den letzten Wochen erlebt habe, male den Schulhof und die Flurschaukel von Lara. Flappo sieht ziemlich komisch aus, weil die Ohren zu groß geworden sind. Aber ich schreibe »KANINCHN« daneben, damit Toni weiß, was es ist. Ich habe Emil gefragt, wie man das Wort schreibt, wegen dem schwierigen »CH«. Das haben wir in der Schule nämlich noch nicht gelernt.

»Oh, wie schön! Das musst du Toni in einer großen Rolle schicken, das ist ja viel zu schade zum Knicken«, sagt Mama, als sie reinkommt. Dann geht sie in den Keller, um eine Papprolle zu holen.

»Meine Post an Toni wird immer größer!«, sage ich zufrieden.

Mama lacht. »Ja, ich sehe schon, das nächste Mal muss ich dir einen Umzugskarton besorgen!«

Wir packen mein Bild ein, und danach schreibt Mama die Adresse auf die Rolle.

Jetzt hatte ich erst einen Lara-Nachmittag, und dann ist er zu einem Toni-Abend geworden. Auf einmal bin ich Toni gar nicht mehr böse, weil sie eine Million Wochen nicht geschrieben hat. Vergessen hat Toni mich nicht, da bin ich mir nun sicher. Warum habe ich das denn überhaupt jemals gedacht?

Am nächsten Tag gehen Mama und ich nach der Schule zur Post, um die große Rolle wegzuschicken. Unterwegs fällt mir wieder ein, wie ich den Muschelbrief für Toni gebastelt habe. Das ist schon sooo lange her! Inzwischen kann ich 10 Buchstaben schreiben, ich habe Lara kennengelernt, ich kenne alle Zahlen, und außerdem ...

»Aua!«, sage ich plötzlich, weil mir eine dicke Kastanie auf den Kopf fällt ... Außerdem ist schon fast Herbst.

»Wie lange ist es noch bis zum 3. Advent?«, frage ich Mama.

Mama rechnet im Kopf. »3, 4, 5 ... ungefähr 8 Wochen«, sagt sie.

»Hm, gar nicht mehr so lange!« Ich habe ein kleines Glücksgefühl im Bauch, weil ich gerade etwas zur Post bringe. Und weil mir eine Kastanie auf den Kopf gefallen ist. Denn das heißt, dass Weihnachten und der 3. Advent gar nicht mehr so weit weg sind.

13. Kapitel

Regenpfützen im Advent

»Biber! Morgen können wir das erste Türchen öffnen«, sage ich vor dem Einschlafen. Über meinem Bett hängt ein Adventskalender aus Papier, und im Wohnzimmer hängen die 24 Säckchen, die Mama für Emil und mich gebastelt hat. Letztes Jahr habe ich für Papa auch einen Adventskalender gemacht, fürs Büro. Mama musste mir nur beim Türchenausschneiden helfen, und ich habe die ganzen Bilder dahinter gemalt. Aber dieses Jahr hatte ich gar keine Zeit dazu, denn jetzt bin ich ja ein Schulkind. Ich muss Hausaufgaben machen, mit Lara und Flappo spielen, mich um Biber kümmern und dann natürlich auch noch Briefe für Toni malen und schreiben. Kein Wunder, dass da die Wochen nur so vorbeirasen.

»Wenn wir das Türchen hier öffnen, ist Toni schon da«, erkläre ich dann und zeige Biber das Türchen mit der 20 drauf. »Glaubst du, Toni nimmt Ted mit, wenn sie uns besuchen kommt?«

Biber sieht mich an und zupft an seinem Schal. »Ähem, ja, auf jeden Fall. Oder etwa nicht?«

Ich muss lachen, weil er seinen Mund so komisch verzieht.

»War ja nur ein Witz. Ist doch klar wie Kloßbrühe, dass Ted mitkommt! Nie im Leben würde Toni ohne Ted irgendwohin fahren.«

Es regnet richtig doll, als ich am 1. Dezember von der Schule nach Hause gehe. Ein paar Kinder aus meiner Klasse sind mit dem Auto abgeholt worden. Aber ich leider nicht, obwohl es so kalt und düster draußen ist. Außerdem war heute sowieso ein blöder Tag. Frau Puster hatte zwar einen Adventskranz aufs Pult gestellt, und wir haben in der Vorlesestunde auch schon die erste Kerze angezündet. Aber dann wurde Momo beim Losen gezogen und durfte das erste Tütchen von der Adventskalender-Leine öffnen. Dabei wäre ich doch gerne dran gewesen. Momo hat richtig genervt, weil er so damit angegeben hat. Und dann hat Lara in der

Pause mit Emilia gespielt, und ich wusste gar nicht, mit wem ich spielen sollte. Klar, Luna und Lilien aus meiner Klasse sind auch nett, aber die habe ich auf dem Schulhof nicht gefunden.

Warum musste Toni denn nur unbedingt wegziehen? Die hätte mich nie alleine gelassen. Jetzt läuft sie wahrscheinlich mit diesem komischen Moritz rum.

Ich weiß noch, wie Toni und ich uns letztes Jahr in der Weihnachtszeit im Kindergarten rumgeschubst und Quatsch gemacht haben, weil wir beide so gerne die Kerze auf dem Adventskranz auspusten wollten. Unsere Kindergärtnerin hatte dann ziemlich mit uns geschimpft, aber das fanden wir nur witzig. Jetzt können Toni und ich nie mehr so richtig Quatsch anstellen. Denn beim Briefeschreiben geht das natürlich nicht, und beim Telefonieren sowieso nicht. Und mit Lara mache ich auch keinen echten Quatsch. Mit Lara ist alles anders. Und sie will ja scheinbar sowieso nie wieder mit mir spielen!

Wütend springe ich mit meinen Gummistiefeln in eine tiefe Pfütze, und das Wasser spritzt total

hoch. Meine ganze Hose ist nass, und jetzt ist mir auch noch kalt.

Dann bin ich endlich zu Hause und klingele, aber Mama öffnet mir nicht. Wo kann sie denn nur sein?

Zum Glück kommt sie doch zur Tür und sieht total fröhlich aus. Drinnen riecht es nach Kaffee, und in der Küche höre ich eine Stimme.

Als Mama mir einen Kuss gibt, sagt sie: »Rosa! Du Arme, du bist ja pitschenass! Willst du kurz in die Badewanne gehen? Ich lass dir Wasser ein. Und du musst dir was Trockenes anziehen. Wir haben Besuch von dem netten Herrn Blau von nebenan, er sitzt in der Küche. Aber jetzt erst mal nach oben ins Bad mit dir.«

Mama hat das alles total schnell gesagt, mir schwirrt richtig der Kopf. Herr Blau ist in der Küche? Riecht es deshalb so gut nach Kaffee?

Als ich kurze Zeit später in der warmen Badewanne plansche, fühlt sich der Tag schon ein klitzekleines bisschen weniger gemein an.

Biber hockt neben mir auf dem Klodeckel und guckt mich an. Er sieht immer sofort, wenn ich sauer oder traurig bin.

»Was ist denn los, Rosalein? In 3 Wochen kommt schon Toni! Mit Ted!«

»Hmm«, mache ich. »Klar, weiß ich doch. Aber Toni fährt dann ja wieder weg, sie ist nur kurz hier … Außerdem hat Toni sowieso einen neuen Freund … Moritz. Den findet sie viel netter als mich …«, sage ich mürrisch.

Ich steige aus der Wanne, schnappe mir schnell ein Handtuch und trockne mich ab, damit ich mit Biber kuscheln kann. Der mag nämlich kein Wasser. Ich stecke Biber mit unter das weiche blaue Handtuch.

»Stimmt, sie fährt dann wieder weg, aber vorher machen wir an dem Wochenende eine richtige Party!«, sagt Biber. »Toni und Ted schlafen in unserem Zimmer, und wir spielen von morgens bis abends. Und wenn die Tage vorbei sind, freuen wir uns auf das nächste Mal. Soll ich dir ein Geheimnis verraten? Ich habe neulich was gehört, das darf ich dir eigentlich gar nicht erzählen … Tue ich aber trotzdem.« Biber kichert und zupft an seinem Schal herum. Er wippt aufgeregt in meinem Arm hin und her.

Jetzt bin ich aber gespannt!

»Deine Mama hat mit der Schokokeks-Mama am Telefon besprochen, dass ihr im Sommer zusammen auf den Bauernhof fahrt, 2 Jahre lang!«

Ich verstehe nicht ganz, was er meint. »2 Jahre? Das ist ja eine Ewigkeit. Dann sind wir ja 8, wenn die Reise zu Ende ist.«

Jetzt guckt Biber auf seine Füße, dann kichert er wieder. »Ich weiß nicht … könnte ich was falsch verstanden haben? 2 Wochen vielleicht? Oder waren es 2 Tage? Ich weiß es echt nicht mehr.«

Ich denke nach. 2 Tage wären schön, aber 2 Wochen wären natürlich das Tollste überhaupt! Ob das wirklich stimmt, was Biber gehört hat? Es könnte gut sein, wir sind ja schon mal zusammen mit Tonis Familie weggefahren. Ich nehme mir vor, von nun an jeden Tag ganz doll daran zu denken, dann wird es bestimmt auch wahr.

»Komm, Biber, jetzt gehen wir runter zu Herrn Blau«, sage ich, als ich mir was Gemütliches angezogen habe und wir die Treppe runterhüpfen.

Herr Blau hat orangenen Kuchen

»Hallihallo, da ist ja das große Schulkind!«, sagt Herr Blau. Er steht auf und gibt mir die Hand.

Ich weiß nicht so genau, wo ich hingucken soll, aber ich strecke meine Hand aus.

»Eigentlich will ich ja gerne die andere Hand schütteln, aber diese ist auch hübsch«, sagt Herr Blau und zwinkert mir zu.

Dann habe ich wahrscheinlich mal wieder aus Versehen die falsche gegeben.

»Frau Blau hat für uns einen köstlichen Kuchen gebacken. Sie ist aber leider nicht hier, denn sie musste zum Tennis«, erzählt Mama.

Ich staune. Eine Oma, die Tennis spielt? Der Kuchen sieht jedenfalls wirklich lecker aus. Das letzte Mal, als die Blaus bei uns waren, gab es Apfelkuchen. Doch auf diesem Kuchen hier sind kleine Karotten aus Zuckerguss. Mama schneidet ein großes Stück davon ab und legt es mir auf den Teller. Ein Becher Kakao steht auch schon da. Dieser Tag wird immer besser, denke ich!

»Weißt du, Rosa, als ich damals zur Schule gegangen bin, war alles noch ganz anders. Und wir hatten Schulranzen aus Leder, nicht so schicke, leichte Dinger wie ihr heutzutage«, sagt Herr Blau.

Ich nicke nur, weil ich den Mund voller Kuchen habe, und mit vollem Mund spricht man ja nicht. Ich höre zu, wie Herr Blau von früher erzählt. Plötzlich zucke ich zusammen.

»Was war denn das?«, fragt Herr Blau und lacht. »Hat dich was gezwickt unterm Tisch?«

Ich schüttele den Kopf und werde bestimmt ein bisschen rot im Gesicht. Plötzlich zucke ich noch mal zusammen, und Herr Blau lacht wieder.

»Na, hast du die Zwickerei?«, fragt er.

Ich lache auch, aber ich weiß nicht so recht, was ich machen soll, denn unterm Tisch zwickt Biber mich mit seiner geblümten Pfote. Irgendwas will er mir wohl sagen, aber das geht jetzt gerade echt nicht. Ich halte ihm vorsichtshalber den Mund zu und esse schnell meinen Kuchen auf.

»Rosa, hol doch mal deinen Ranzen und zeig ihn Herrn Blau, das findet er sicher spannend«, sagt Mama.

Das ist meine Rettung! Ich nicke und stehe sofort auf. Biber nehme ich natürlich mit und laufe mit ihm zur Garderobe.

»Was ist denn los? Biber, warum zwickst du mich? Und vor allem, wenn andere dabei sind! Was ist denn bitte so wichtig?«

Biber zieht wie verrückt an seinem Schal rum. »Rosa!! Ich *musste* dir das einfach sagen: Auf dem Tisch steht ein Karooooootenkuuuuuchen! Hast du das etwa gar nicht bemerkt? Das ist doch das Leckerste auf der Welt, und ich wäre fast auf den Tisch gehopst, um mir ein Stück zu nehmen. Der ist soooo köstlich.«

»Hä? Karottenkuchen? Das ist doch Quatsch mit Soße. So was wie Gurkenbrötchen oder Paprikakekse …«, sage ich leise. Wir dürfen nicht zu laut reden, weil Mama und der Nachbar uns sonst hören.

Biber flüstert: »Doch, echt! Frag Herrn Blau. Hast du nicht die kleinen Karotten obendrauf gesehen? Und jetzt besorg mir bitte, bitte ein Stück von diesem Kuchen.«

Ich gucke Biber an und nicke, aber so ganz kapiere ich noch nicht, wie ich das anstellen soll. Und die Karotten auf dem Kuchen sind doch bloß aus Zucker. Mit Biber auf dem Arm gehe ich zurück ins Zimmer und setze mich wieder an den Tisch.

»Was ist denn das für ein Kuchen?«, frage ich Herrn Blau. »Der ist lecker.«

Herr Blau lacht, sodass er noch mehr Falten in seinem Gesicht hat. »Das ist Rüblitorte!«

Ich schaue ihn ein bisschen komisch an und zwicke Biber unauffällig in den Fuß. Kein Kuchen aus Karotten, wusste ich es doch!

Aber dann erklärt Herr Blau: »Du kannst auch Möhrenkuchen dazu sagen, denn dieser Kuchen wird tatsächlich aus geraspelten Mohrrüben gemacht! Also was richtig Gesundes …« Er lacht wieder.

Ich spüre einen kleinen Tritt in den Bauch, aber ich sage ganz höflich: »Hab ich noch nie von gehört.«

Natürlich habe ich in der Aufregung über den Kuchen den Ranzen vergessen und muss noch mal zur Garderobe laufen. Aber dann kann ich Herrn Blau endlich alles genau zeigen.

Er macht jedes einzelne Fach vom Ranzen auf und guckt interessiert rein. »Das ist ja ein starkes Stück«, sagt er immer wieder, und: »Au fein, das ist ja eine äußerst praktische Angelegenheit.«

Ich drehe mich zu Mama, weil Herr Blau so witzige Wörter sagt.

»Komm uns doch mal besuchen, Rosa, dann kannst du dir anschauen, wie das Haus von deiner Freundin Toni jetzt aussieht. Bei uns ist natürlich alles anders eingerichtet.«

Plötzlich fängt das Zwicken unter dem Tisch wieder an.

»Ja«, sage ich schnell. »Und darf ich vielleicht noch ein Stückchen Kuchen mit raufnehmen? Dann kann ich besser Hausaufgaben machen!«

»Aber natürlich, von mir aus auch 2!«, lacht Herr Blau.

Biber schnurrt richtig, als er oben in meinem Zimmer den Kuchen isst. Er klingt ein bisschen wie eine Katze.

»Mmmmmh ... mit dem müssen wir uns anfreunden, mit dem blauen Mann aus dem blauen Haus. Dieser Kuchen ist ja besser als Holzpudding, Strohsuppe und Zweige-Eintopf zusammen! Das andere Stück heben wir auf, bis Toni und Ted hier sind, für die große Wiedersehensparty! Karottenkuchen ist süß genug für Ted und gesund genug für mich«, sagt Biber und sieht dabei wirklich zufrieden aus.

Auch ich bin gerade richtig froh. Vor allem, weil die Wiedersehensparty jetzt schon bald ist! So bald, dass wir sogar Kuchen dafür aufheben können! Es dauert nur noch ein paar Wochen.

Schnell mache ich meine Rechenaufgaben fertig, ich muss bunte Bälle in Boxen ordnen. Frau Puster nennt das Schüttelboxen. Mir macht Rechnen Spaß, aber ich bin ja auch noch nicht so groß wie Emil. Hoffentlich verstehe ich später nicht plötzlich null in Mathe.

Danach schreibe ich Toni noch einen Brief, denn ich will ihr unbedingt vom Möhrenkuchen erzählen! Auf das Papier male ich einen Kuchen und schreibe daneben »HERR BLAU« (den Namen hat Mama mir vorgeschrieben). Dann male ich Biber, mit einem Stück orangenen Kuchen in der Pfote. Daneben zeigt ein Pfeil mit einem Herz auf Ted. Hoffentlich versteht Toni, dass die beiden Kuscheltiere den Kuchen bald zusammen essen werden. Und *schwupps*, schon fertig! Ich stecke den Brief schnell in den Umschlag.

Endlich können Biber und ich spielen. Wir haben einen Biberbau unter dem Bett. Dort ist es ganz schön staubig, aber das stört Biber und mich nicht.

Als Mama später ins Zimmer schaut, sieht sie mich zuerst gar nicht.

»Rosa, komm da mal raus«, sagt sie. »Herr Blau ist gerade gegangen. Wie war es denn überhaupt in der Schule?«

»Gut!«, rufe ich unter dem Bett hervor, weil ich weiterspielen und nicht über die Schule und Lara reden will.

»Hmm«, macht Mama. Sie nimmt den leeren Teller mit und geht wieder nach unten.

Zum Glück konnten wir das Stück Kuchen in letzter Sekunde verstecken.

»Hey!«, flüstert Biber, »da waren noch leckere Krümel drauf!«

15. Kapitel

Mit Toni

Adventstage in der Schule sind richtig toll. Alles fühlt sich so anders an als sonst, alles ist irgendwie geheimnisvoll. Ob das an den Adventskalender-Päckchen liegt? Oder an dem Adventskranz auf dem Pult?

»Zzzzzzpielen wir in der Pause wieder Zzzzzztangenticken?«, fragt Lara mich. »Emilia und Sophie und Luna und Lilien spielen auch mit.«

Ich nicke sofort. Ich liebe Stangenticken! Obwohl es jetzt richtig kalt auf dem Schulhof ist, macht es total Spaß, mit allen zusammen Fangen zu spielen.

Neulich wollten wir für Frau Puster eine Überraschung zu Weihnachten basteln, und da waren wir alle bei Luna. Wir haben Weihnachtssterne aus Glanzpapier gemacht, und Emilia und ich haben ganz viel Glitzer draufgeklebt. So viel, dass wir noch mindestens drei Tage lang Glitzer in den Haaren hatten. Und Lunas Mama hat ganz leckeren Kakao gekocht.

Lara und Emilia und Sophie und Luna und Lilien.

$1 + 1 + 1 + 1 + 1 = 5$

Ich habe jetzt schon 5 richtig gute Freundinnen in der Schule und finde es gar nicht mehr schlimm, wenn Lara und ich nicht nur zu zweit spielen.

»Rosa! Du bist heute dran«, sagt Frau Puster, als wir nach der Pause die Adventslose ziehen.

Es ist Freitag, also sowieso mein Lieblingstag in der Woche. Und dann darf ich auch noch den Adventskalender öffnen, so ein Glück! Als ich in das Päckchen gucke, sehe ich eine goldene Glocke aus Schokolade. Die hebe ich für Toni und Ted auf, denke ich direkt. Denn heute ist es endlich so weit: Toni kommt!

Nach der Schule renne ich den ganzen Weg nach Hause. Ich bin so aufgeregt!

»Wie viel Uhr ist es? Wann sind sie endlich da?«, frage ich.

Mama guckt mich an und zieht die eine Augenbraue ein Stück hoch. »Rosa, wie oft willst du das eigent-

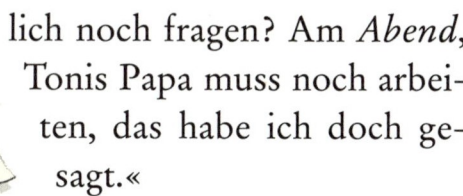

lich noch fragen? Am *Abend*, Tonis Papa muss noch arbeiten, das habe ich doch gesagt.«

Ich gehe wieder hoch in mein Zimmer und zupfe an Tonis Matratze vor meinem Bett herum. Mama hat schon alle Betten für unseren Besuch bezogen. Na gut, dann male ich eben noch ein Bild.

Als es fertig ist, lege ich es zu den anderen 7 Bildern auf Tonis Kopfkissen.

»Ich denke, jetzt hat Toni genug Bilder, oder?«, höre ich da Bibers Stimme.

»Weiß ich selber …«, sage ich und setze mich an den Schreibtisch, um doch noch ein klitzekleines bisschen mehr Glitzer auf Bild Nummer 5 zu kleben. Bei Bild 4 schreibe ich unten meinen Namen drauf.

Und irgendwann … klingelt es tatsächlich an der Tür. Toni! Ich renne nach unten.

Wir sitzen zu viert auf meinem Bett. Eben noch haben wir alle, die Schokokeks-Familie und die Gemüse-Familie, im Esszimmer zusammen Nudeln gegessen.

Nur Emil fehlte, weil er auf einer Klassenparty war. Und Tonis Eltern haben ganz viel von dem neuen Haus erzählt. Toni und ich haben nicht so viel gesagt, wir sind ja keine Kaffeetanten! Darum sind wir nach dem Essen auch so schnell wie möglich hoch in mein Zimmer gelaufen.

»Hol es jetzt mal her«, flüstere ich Biber zu, und er kriecht unters Bett. Dabei muss er aufpassen, dass seine langen Beine sich nicht zwischen all dem Zeugs verhaken, das da unten liegt.

»Pfff, echt staubig hier«, sagt Biber. Er kommt wieder rausgekrochen und hält mit beiden geblümten Pfoten eine Schale aus der Spielküche fest, in der etwas Orangenes liegt. Auf dem Orangenen ist ein kleines bisschen Staub, aber das sage ich lieber nicht.

»Tatatataaaaa!«, rufe ich. »Das ist der Karottenkuchen von Herrn Blau aus dem blauen Haus, von dem ich dir in meinem Brief erzählt habe! Kann sein, dass der Kuchen ein bisschen hart ist, aber das macht ja nichts.«

Und dann erzähle ich die ganze Geschichte: dass Herr und Frau Blau jetzt nebenan wohnen und total nett sind. Und was für witzige Wörter Herr Blau gesagt hat, als er meinen Ranzen angeguckt hat.

Toni beißt in den Kuchen, doch der ist so steinhart, dass sie keinen Bissen abbekommt.

Plötzlich müssen wir alle lachen.

Ich habe mir Ted auf den Schoß gesetzt. Ich schnüffle an ihm und rieche den bekannten Toni-Geruch. End-

lich! Ganz kurz ist der Kloß im Hals wieder da, weil mir einfällt, dass morgen Samstag ist und danach Sonntag kommt. Und dann sind die Toni-Tage schon wieder vorbei. Aber daran will ich jetzt nicht denken.

»Gehen wir morgen schaukeln, Toni?«, frage ich schnell. »Und erzählen wir uns Schaukelgeschichten?«

Toni nickt. »Weißt du noch? Ich glaub, ich seh 'ne Meerjungfrau?«

»Klar weiß ich das noch«, sage ich. »Und wir müssen UNO spielen, und ich muss dir meine neue Knete zeigen, und …«

»Ihr müsst vor allem mit *uns* spielen«, sagt Ted. Er hat sich auf mein Bett gestellt und wirbelt mit den Armen in der Luft herum.

Als würden wir Biber und Ted je vergessen!

Als wir dann später im Bett liegen, ist es genauso wie immer. Mama kommt dauernd ins Zimmer und sagt, dass jetzt echt Schluss und bitte Ruhe ist, weil wir sonst morgen total müde sind und nicht auf den Weihnachtsmarkt gehen können. Und sie sagt, wir hätten ja schließlich noch das ganze Wochenende zum Spielen.

Toni nickt. »Ist gut.«

Jetzt lacht Mama. »Ha! Ich kenne dich doch, Toni. Sobald die Tür zu ist, geht's wieder los!«

Aber irgendwann hören Toni und ich wirklich auf zu kichern. Nicht wegen dem Weihnachtsmarkt am nächsten Tag, sondern weil uns einfach die Augen zufallen.

Am nächsten Morgen klopft es an unserer Zimmertür, und Emil schaut zu uns herein. Er hatte Toni ja gestern Abend gar nicht mehr gesehen, weil er erst später nach Hause gekommen ist.

»Lila! Wie schön, dass du uns endlich mal besuchst!«, sagt er.

Toni macht die Augen nur ein klitzekleines bisschen auf, sie ist einfach noch sooo müde. »Ich heiß nicht Lila, ich bin Toni!«, murmelt sie ins Kissen.

»Hey, ihr lila Schlafmützen, kommt in die Hufe! Unten stehen die Croissants auf dem Tisch!!«

»Na, besser als Gurkenbrötchen!«, rufe ich.

Zusammen hüpfen Toni und ich aus dem Bett.

Als wir in die Küche tapsen, sitzen dort schon 7 Leute am Frühstückstisch. Meine Mama und die Schokokeks-Mama sind anscheinend froh, dass sie nach so langer Zeit wieder alles Mögliche bereden können. Und die Papas unterhalten sich über die neue Arbeit.

Beim Frühstück machen Emil, Toni und ich Quatsch. Dula und Carla machen auch mit und lachen ganz viel, obwohl sie gar nicht so richtig kapieren, worum es geht.

Toni erzählt Emil, dass sie Rechnen doof findet.

Und Emil sagt: »Yeah! Schlag ein! Willkommen im Klub!«

Ich bin leider nicht im Klub, weil ich nämlich Rechnen gar nicht doof finde.

Und dann fragt Emil Toni noch, neben wem sie in der Schule sitzt.

»Neben Moritz«, antwortet sie.

Das wusste ich natürlich schon, von dem Bild.

»Moritz ist mein bester Freund«, sagt Toni.

Ich gucke Toni an. Wie meint sie das denn jetzt?

Da schaut sie schnell zur Seite. »Also, natürlich nur in der Schule. Sonst ist Rosa, na klar, meine allerbeste Freundin.«

»Pffffff«, macht Emil. »Das will ich doch meinen.«

Plötzlich bin ich richtig erleichtert! Ja, genauso ist das auch bei mir, überlege ich. Toni ist meine allerbeste Freundin, und Lara ist meine allerbeste *Schul*freundin. Kann man wohl 2 beste Freundinnen auf einmal haben?

Toni und ich bleiben den ganzen Tag in meinem Zimmer. Die Erwachsenen sind unterwegs – einkaufen, im Museum, wo auch immer. Aber Toni und ich wollen einfach nur spielen.

Als es draußen schon schummrig ist, ruft Mama nach oben, dass wir uns jetzt warm anziehen sollen, weil wir zum Weihnachtsmarkt gehen.

»Gleiiiich!«, rufe ich zurück. »Wir kommen ja schon!«

Erwachsene denken immer, man könnte sofort und auf der Stelle aufbrechen. Sie haben keine Ahnung, dass man zum Beispiel vorher noch seinem Biber das

Abendessen hinstellen oder seinem Ted die warme Hose anziehen muss. Aber irgendwann sind Toni und ich startklar. Alle anderen stehen schon fertig angezogen unten.

»Ach, Rosa, doch bitte nicht die neuen Stiefel«, sagt Mama, als sie meine rosaroten Stiefel sieht. Aber dann winkt sie ab. »Ach, egal, Hauptsache, wir brechen jetzt mal langsam auf.«

Auf dem Weihnachtsmarkt riecht es so, wie es auf einem Weihnachtsmarkt riechen muss: nach Tannen, Orangen, Zuckerwatte und gebrannten Mandeln.

»Ich hab doll Hunger«, sagt Dula, als wir auf dem Markt ankommen. »Kriegen wir Mandeln?«

Die Mamas gehen zum Glühweinstand, und die Papas kaufen uns wirklich gebrannte Mandeln und ein paar von diesen kleinen gelben Chips fürs Karussell. Dula und Carla rennen sofort hin und wollen unbedingt auf den rosa Pferden mit den bunten Schwänzen sitzen. Aber Toni und ich stehen am Rand und essen unsere Mandeln.

»Nächste Runde fahren wir mit, oder?«, fragt Toni.

»Hmm, weiß nicht so recht«, sage ich. »Karussell ist doch irgendwie langweilig.«

Toni schaut mich verwundert an. »Warum? Letztes Jahr sind wir doch auch total oft gefahren.«

Das stimmt, im letzten Jahr sind wir den ganzen Nachmittag Karussell gefahren. Aber da waren wir ja schließlich auch noch keine Schulkinder.

16. Kapitel

Zuckerwatte für alle!

Auf einmal tippt mir jemand von hinten auf die Schulter. Es ist Lara.

»Hey!«, sagt sie.

»Hallo«, sage ich. Ich merke, wie Toni mich neugierig von der Seite ansieht.

»Hallo, Rosa«, höre ich da noch eine andere Stimme. Es ist Laras Sommersprossen-Mama. »Wollt ihr mit aufs Karussell?«

»Ja!«, ruft Lara. »Gleich, wenn's anhält, springen wir auf. Komm, Rosa!« Sie klingt total aufgeregt.

Jetzt weiß ich nicht, was ich machen soll.

Toni sagt leise: »Also, ich will auch fahren.«

Lara guckt Toni an. »Bist du Rosas Freundin?«

Toni nickt.

»Komm, wir fahren zusammen«, schlägt Lara vor. Ihre roten Locken hüpfen dabei auf und ab.

Toni dreht an ihrem Zopf.

Als das Karussell schließlich für die nächste Runde stoppt, läuft Lara direkt hin. »Jetzt kommt schon!«, ruft sie uns zu.

Toni schielt zu mir rüber, aber ich bleibe einfach stehen. Karussell fahren ist Babykram.

Toni wartet noch kurz, doch dann läuft sie Lara hinterher. Sie gibt dem Mann ihren Chip und steigt zu Lara in die Kutsche.

Ich stehe neben Laras Mutter und schaue der Karussellfahrt zu.

»Nächste Runde fährst du mit, was?«, fragt die Sommersprossen-Mama. »Wo sind denn eigentlich deine Eltern, beim Glühweinstand?«

Ich nicke.

Da winkt Mama auch schon der Sommersprossen-Mama zu, und im gleichen Moment kommt Papa zu mir rüber.

»Ist das Lara in der Kutsche?«, fragt er.

Ich nicke wieder.

Jetzt beobachten wir beide das Karussell, bis Papa schließlich sagt: »Na los, wir zwei gehen jetzt erst mal Zuckerwatte kaufen!«

Ich liebe Zuckerwatte. »Au ja!«

Papa und ich kaufen einen richtig großen Watteberg am Stiel. »Man sieht dich ja kaum noch dahinter!«, sagt er mit seinem Papa-Witzgesicht. »Bei so einer riesengroßen Zuckerwatte müssen dir unbedingt deine beiden Freundinnen helfen, was?«

Ich nicke hinter meinem Watteberg und fühle mich ganz froh, als er das sagt.

»Soll ich sie mal holen?«, frage ich und laufe auch schon zum Karussell. »Zuuuckerwatte! Ihr müsst schnell herkommen, es gibt Zuckerwatte!«

Toni und Lara winken mir zu, natürlich haben sie das längst gesehen.

»Wir kooommen gleich!«, ruft Toni.

Aber eigentlich *glaube* ich nur, dass sie das ruft, die Musik vom Karussell ist nämlich viel zu laut, um sie zu verstehen.

»So, jetzt stürzt euch mal zu dritt auf die Watte«, sagt Papa fröhlich.

In diesem Moment tippt mir wieder jemand auf die Schulter, oder eher gesagt, auf beide Schultern gleichzeitig. Ich drehe mich um, und hinter mir stehen Lara und

Toni und lachen. Wie haben sie es denn geschafft, sich anzuschleichen? Sie bestaunen meine große Zuckerwatte.

»Tatatataaa! Zuckerwatte für die jungen Damen!«, sagt Papa und zwinkert uns zu. Dann geht er zu den Erwachsenen zurück.

Und was machen wir? Wir fangen direkt an, von 3 Seiten gleichzeitig die Zuckerwatte aufzuessen.

»Mmmm, ist die lecker!«, sagt Toni. Und Lara und ich nicken.

»Iiih, deine Haare hängen voll drin«, sage ich zu Lara.

Lara lacht. »Deine auch! Und die von Toni erst!« Nun lachen wir alle drei, weil wir uns nämlich plötzlich mit den Nasen berühren, als wir fast in der Mitte beim Holzstäbchen angekommen sind. Die ganze Watte drum herum ist schon weg.

»Das kitzelt«, kichere ich.

»Iiih! Das kitzelt echt«, rufen da auch Lara und Toni.

Und auf einmal halte ich nur noch das Holzstäbchen in der Hand, die ganze Watte ist in unseren Bäuchen und Haaren gelandet.

»Miste, das wird eine Zieperei heute Abend«, sagt Lara und streicht sich eine klebrige Locke aus dem Gesicht.

»Wir gehen zu Hause direkt in die Badewanne. Oder, Rosa?«, sagt Toni.

»Ja, unbedingt, und Biber und Ted warten wie immer auf dem Klodeckel.«

Lara sieht uns an. »Wer ist Ted?«, fragt sie.

Toni erklärt ihr, dass Ted ihr Kuschelteddy ist und Biber ja mein Kuschelbiber und dass wir die beiden schon ewig haben. Und dann reden wir noch ein bisschen zu dritt über Kuscheltiere, und ich erzähle Toni, wie niedlich Laras Kaninchen Flappo ist. Toni erzählt uns von dem Hund von Moritz.

Immer dieser Moritz! Aber im selben Augenblick fällt mir ein, dass ich ja trotzdem Tonis allerbeste Freundin bin und dass ich ja schließlich auch Lara habe. Außerdem liegt morgen noch ein ganzer Rosa-Toni-Tag vor uns. Und dann erinnere ich mich an die Sache mit dem Bauernhof. Darüber muss ich heute Abend im Bett unbedingt mit Toni reden. Am besten denken wir beide jeden Tag fest daran, damit der Wunsch in Erfüllung geht und wir zusammen wegfahren.

Mir wird ganz warm im Bauch, weil ich mich so auf heute Abend freue. Und auf morgen. Und auf den nächsten Sommer. Irgendwie freue ich mich sogar schon wieder auf Montag und die Schule, aufs Adventssingen mit Frau Puster, auf die neuen Buchstaben und die Schüttelboxen. Und natürlich auf Lara. Vielleicht haben wir dann ja beide noch ein bisschen Zuckerwatte in den Haaren.

Danke

Ich danke meinen drei großartigen Testleserinnen Lina, Maxie und Klara – ihr habt mich zu dieser Geschichte inspiriert und hattet so viele gute Ideen. Danke für die Stunden vor dem Einschlafen, in denen ihr den neuen Erlebnissen von Toni und Rosa zugehört habt.

Michael, du hast mich dazu ermutigt, zu schreiben und mein Ziel zu verfolgen – mit Erfolg! Unendlich großen Dank dafür.

Simone, danke für dein professionelles Lektorat. Mit Fantasie und Witz hast du Toni und Rosa aufs rechte Gleis gesetzt.

Annabelle, danke, dass du meine Figuren genauso siehst, wie sie in meiner Fantasie auch aussehen.

Neele, ich danke dir und WooW Books, dass Rosa und Toni bei euch eine Heimat gefunden haben.

Kristina Kreuzer, geboren 1975, erinnert sich noch sehr gut an ihren ersten Schultag, denn genau wie Rosa konnte sie es kaum erwarten, endlich lesen und schreiben zu lernen. Seitdem beschäftigt sie sich leidenschaftlich gern mit Wörtern: Nach einer Ausbildung im Verlag studierte sie Literatur in Amsterdam und in den USA, und heute arbeitet sie als Autorin, Übersetzerin und Lektorin. Zusammen mit ihrer Familie wohnt Kristina in ihrer Heimatstadt Hamburg. Besuch Kristina auf www.kristinakreuzer.de oder auf Instagram unter Instagram.com/kristinakreuzerwoerter.

Annabelle von Sperber studierte Illustration an der HAW in Hamburg. Seit 2000 arbeitet sie erfolgreich für verschiedene deutsche und internationale Buchverlage. Bekannt wurde sie unter anderem mit ihren großen Wimmelbüchern im Prestel Verlag: *Das große Wimmelbuch der Kunst* und *Das große Buch der Architektur*. Sie lehrt als Dozentin an der Akademie für Illustration und Design und an der Diploma Hochschule. Annabelle lebt, liebt und arbeitet in Berlin und Freiburg. Mehr Bilderwelten unter www.annabellevonsperber.de und auf Instagram unter Instagram.com/annabelle_von_sperber.

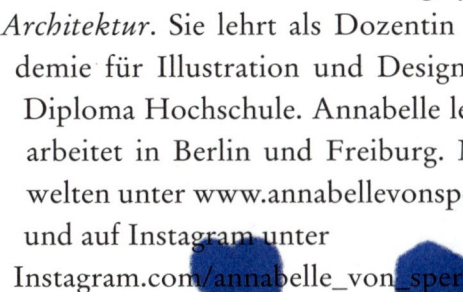